LES ÉPHÉMÈRES

DU MÊME AUTEUR :

Poèmes :

LA DANSE MACABRE.

LA GUIRLANDE A L'ÉPOUSÉE.

FRÈRE TRANQUILLE.

LE CLAVECIN BIEN TEMPÉRÉ (*à paraître*).

Littérature :

ESSAI SUR SHAKESPEARE.

(*Tous ces volumes à la bibliothèque du Hérisson, chez Edgar Malfère, Amiens.*)

FAGUS

—

LES ÉPHÉMÈRES

LES QUATORZE N° 10

—

PARIS
LE DIVAN
37, Rue Bonaparte, 37

—

1925

IL A ÉTÉ TIRÉ DE CE LIVRE

900 Exemplaires sur bel Alfa
numérotés de 1 à 900
et 100 Exemplaires sur Japon
numérotés de I à C.

A MES AIMABLES VOISINS

T.R.P. DOM MABILLON ;
ABBÉ PRÉVOST D'EXILES, O.S.B. ;
PIERRE DE MONTREUIL, MAITRE DES ŒUVRES
POUR LA CHAPELLE DE LA VIERGE A SAINT-GERMAIN DES PRÉS ;
MARGUERITE DE VALOIS, REINE DE NAVARRE ;
DUC DE LA ROCHEFOUCAULD
(ET DONC SA BONNE AMIE Mme DE LA FAYETTE) ;
JEAN RACINE, HISTORIOGRAPHE DU ROI ;
HONORÉ DE BALZAC, IMPRIMEUR ;
LA CHAMPMESLÉ, LA CLAIRON, LA LECOUVREUR,
COMÉDIENNES ET AMOUREUSES ;
PAUL SOUCHON, POÈTE ;
AUGUSTE RENOIR, PEINTRE ;
LE FAUCONNIER, MON PEINTRE EXTRAORDINAIRE
(MON PEINTRE ORDINAIRE RESTANT TRISTAN KLINGSOR,
MAIS IL FAIT RETRAITE EN BANLIEUE, OUTRE LA BARRIÈRE D'ENFER) ;
SAINT-AMAND, PÈLERIN DU CABARET DU *Petit-Maure* ;
PHILIPPE CHABANEIX, COMMIS LIBRAIRE ;
LES PARTISANS DU *Pou qui grimpe* ;
ET
HENRI MARTINEAU, EXARQUE DU *Divan*, A LA FOIS
TOUTE SA COMPAGNIE, HONNÊTES GENS POUR LA PLUPART ;
ETC., ETC., ETC.
PLUS
LA STATUE DE HENRI IV
QUE CHAQUE MATIN SALUE AU *Vert-Galant* :

FAGUS,

BOURGEOIS DE LA RUE DES MARAIS SAINT-GERMAIN,
QUE NOMMENT LES BARBARES RUE VISCONTI.

CLOCHES RUE VISCONTI

Rue sonore et froide
Tu brûles mon cœur ;
Mille ombres y rôdent
Dès que l'heure sombre.

Ancêtres mes maîtres,
C'est donc vérité :
Je foule où passèrent
Vos éternités.

Là gémit Racine,
Là sua Balzac,
Ici tout est ruine
Et tout est sacré.

Je voudrais fleurir
Ici chaque pierre ;
Je devrais baiser
Chacun des pavés.

La Rochefoucauld
Eut là sa demeure,
Là la Lecouvreur
A tordu son cœur.

Et, mienne maison
Qui connut Louis XIII,
Hors de toi, prison,
Je suis en exil.

Sans le faire exprès
J'y fais mon salut
Sous tes angélus,
Saint-Germain des Prés,

Quand ton carillon
A la Mazarine
Porte les matines
De dom Mabillon.

Si je meurs en juste,
Fantômes amis,
Qu'on cache mon buste
A l'orée ici :

Carré Saint-Germain,
Sous la basilique
Où sont vos reliques,
Vieux bénédictins :

Tapi sous les feuilles
Et la feue chapelle
Où le soir m'appelle
Pierre de Montreuil.

FÊTE FORAINE A LA VILLETTE

La lionne de Nubie étire, monstrueux chat, contre les barreaux de la cage, son épouvantail de velours.

Le lion du Soudan, le seigneur chevelu sommeille en rond, repose son mufle formidable, sa formidable mâchoire, sur sa paire de formidables pattes.

Il s'éveille, il rugit, tout tremble : la lionne seule ose répondre.

Dans une cage étroite, deux maigres hyènes sans arrêt tournent, damnés espionnant de leurs yeux faux le tout jeune ours des cocotiers ; lui, boule de fourrure noire qui luit, museau jaune qui semble un bec, la tête en bas se promène le long du couvercle. Il s'y pend par une, par deux mains, les autres balançant dans le vide leurs griffes longues, avise de ses petits yeux farceurs le couple hyène qui s'est arrêté, cou tendu, grelottant de haine : et se laisse tomber sur eux deux à la fois. Les deux hyènes ricanent de rage, écartèlent leur gueule noire et rouge. Et l'ourson, sur son derrière assis, paisiblement retrousse ses babines, exhibe ses énormes crocs jaunes dans un silencieux rire, et puis s'en va, sur ses mains de derrière, se dandine et regrimpe. Les hyènes dans un ricanement soulagent toute la fureur de leur lâcheté.

Le lion, écœuré, détourne son visage froncé : sourdement il gronde. Les hyènes se remettent à tourner.

Le tatou, démesuré cloporte, trottine comme on glisse, ses petites pattes cachées sous la cuirasse, s'arrête, darde sa menue tête pointue et ses petits yeux de hérisson, luisants charbons, et repart.

Deux crocodiles du Nil mijotent dans l'eau chaude, troncs d'arbres flottants. L'un parfois déclôt son œil stupide, ouvre sa gueule plate sans fond : un pulpeux gouffre rose, humide, un abricot sournoisement ourlé d'un chapelet de cinq douzaines de poignards ; puis, sans bruit, le couvercle retombe.

A même un nid de couvertures sommeille un souple emmêlement de serpents pythons. Deux domestiques en démêlent un, à pénible ahan le déroulent, étirent cette énormité molle, élèvent au bout du mince cou, l'affreuse tête triangulaire. L'œil rond, sans regard ni prunelle, est un puits de méchanceté ; un dard frétillant sort, rentre, ressort.

Enchaînés par la ceinture sur un étroit plat-bord, une horde de singes de toutes sectes glapissent, sursautent, grignottent, se griffent, se baisent, tout comme des hommes.

Mais un frémissement émeut la baraque ; les
singes se trémoussent avec furie, sifflent, blas-
phèment, vocifèrent ; les hyènes ricanent,
l'ourson danse sur ses deux pieds; la lionne, rugis-
sante, bondit, et le lion même dresse son mufle et
gronde. Les crocodiles seuls demeurent tels que
des morts. Le tatou trottine comme un petit fou.
Le belluaire est apparu.

C'est un adolescent, c'est un enfant presque,
blond, beau, et frêle, aux joues roses, aux cheveux
bouclés, aux grands yeux bleus. Il rit doucement
comme une vierge ; une chemise rouge drape son
jeune torse de héros ; fouet au poing, il ouvre
la première cage, et c'est celle de la lionne... Et
il travaille.

... Et, comme s'écoule la foule, crépitante de
bravos, de dessous la baraque s'évade, file entre
les pavés, s'évanouit dans la nuit, un énorme
rat gris, un monstrueux rat d'égout.

TIENS, UN RAT !...

Comme je déplaçais de gros livres, j'éprouve
une résistance qui remue, un trémoussement,
j'entends un petit cri : un rat jaillit, un diable,
un gros rat gris : comme un projectile il bondit,
glisse sur le plancher et le voilà hors de vue. Je

le découvre enfin dans un angle noir, tapi derrière le pied du fauteuil : et j'accours, canne au
poing; mais le voilà déjà derrière le gros poêle de
faïence. Rejoint par la canne, il bondit à nouveau, file, se réfugie un instant derrière une pile
de livres, il réchappe, il est partout, il n'est nulle
part, il est insaisissable; je m'acharne, m'encolère ;
lui, s'affole, pousse des cris aigus, se cache mala-
droitement, d'autant plus déconcertant dans ses
bonds et ses courses. Ah ! enfin je l'accule, un
bon coup de canne l'étourdit à moitié. Il se
sauve plus lourdement, je distingue son fin
museau gris, moustachu, son fin œil noir ter-
rifié, étincelant d'intelligence ; une seconde le
remords me crispe : anéantir cette vie m'apeure.
Bah, c'est la guerre ! deux coups nets : assommé.
Je l'enlève par la queue ; c'est vraiment un
superbe rat : je le balance dans le poêle crevant de
papier et que j'enflamme, et referme la porte. Une
queue dépasse, frétille convulsivement pendant
quelques secondes, et retombe, pendante, tandis
que se propage une odeur de viande et poils grillés,
à la fois écœurante et délectable : le corps d'un
ennemi mort sent toujours bon !

FAUBOURG

L'auto rouge, un bolide mou, glisse sur le pavé gluant. Carrefour aigu : par l'autre voie, un fiacre au grand galop arrive ; le fiacre fait un brusque à droite, l'auto un brusque à gauche, l'obus de tôle anéantit la caisse de bois, et s'arrête net. Une femme, un homme, allongés dans le fiacre, culbutent par-dessus bord, par bonheur de l'autre côté (par bonheur, vous le savez, Sainte Vierge !) et le cocher saute en l'air, retombe tête en avant, laquelle va caler la roue de l'auto.

Cinq cents passants instantanément : cris, injures, disputes ; l'homme et la femme se relèvent, s'enfuient affolés ; vingt paires de mains ont déjà redressé le cocher abruti, noyé de boue ; cinq cents gueules engueulent le meneur de l'auto, calme et dédaigneux. Des mains retiennent le cheval du fiacre, effaré, près de prendre le mors aux dents, et des poings se brandissent. Un sergent de ville pesant et digne approche. Et j'admire, moi, le génie de notre édilité égalitaire, à faire se couper les voies urbaines à angle droit, droit, droit.

SAINT-SULPICE ; QUATRE HEURES LE SOIR

Contournant le chœur j'ouïs, qui venaient de vers les grandes portes, des coups secs en cadence approcher, haut vibrant sous les hautes voûtes. Un long spectre noir, de sa longue canne d'argent, de deux en deux pas heurtait les dalles ; derrière, quatre surplis blancs trottinaient dans l'église déserte ; au-dessus, une croix d'argent se retenait de se renvoler au ciel, et tout cela disparut dans la sacristie. En même temps tout là-bas, vers les portes, quatre gros pas lourds martelaient les dalles : entre deux lointains piliers, une bière de sapin apparut sur les épaules de quatre croque-morts, miroitants chapeaux, et disparut, suivie d'un piétinement de gens que je n'apercevais pas. Et je rencontrai au seuil d'une chapelle deux tréteaux avec quatre grands cierges qu'on venait d'éteindre, et marquant encore la forme de la bière. Quatre points rouges restaient, d'où suintait un peu de fumée : un à un ils expirèrent, le dernier s'acharna longtemps, il finit par s'effacer aussi, tout comme une âme, et plus rien ne demeura vivant dans la sépulcrale église.

IDYLLE

Ce soir de dimanche, boulevard Sébastopol : vli !
vlan ! pif ! paf ! et un remous qui bouscule tout.
Un gros courtaud à grosse tête ronde rasée, moustachu, espèce d'auvergnat endimanché (1) s'est rué
soudain sur un gros petit bonhomme grison,
espèce de rond-de-cuir endimanché, et le mar-
tèle de coups de poing : « Ce sale individu qui
bat son enfant ! » Cinquante passants ont jailli
des pavés. Au centre une maigriote fillette s'est
jetée au-devant du battu, criant et pleurant :
« Mon papa ! mon papa ! mon papa ! »

L'autre bonhomme veut continuer de battre,
qui ne cesse en même temps de gueuler : « Ce
cochon-là ! Sa petite fille ! ce cochon-là ! » Tout
auprès, chiffon vieilli dont je ne voyais que le dos,
la mère, inerte, demeurait plantée là. Je
franchis le cercle, criant sous le nez du vengeur : « De quoi se mêle-t-il, ce fourneau-là ? »
Le fourneau d'Auvergne s'arrête net, cependant
que la fillette criait : « Il a bien fait de me battre !
il a bien fait ! » Un des survenus me lance, hors
de lui : « Il la bat, Monsieur, depuis un kilo-

(1) Oh, pardon, ô Gandilhon Gens d'Armes ! pardon, ô Pierre
de Nolhac !

mètre ! » « A coups de pied ! » clame un autre !
Et le vengeur, encouragé : « A coups de pied,
ce salaud-là ! » Et une voix de femme par derrière glapit : « Et il y en a encore pour les soutenir ! » Et la mère demeurait plantée là sans mot
dire, et la fillette toujours criait : « C'est mon papa !
il a bien fait ! » Un sergent de ville surgit, entraîne au poste les acteurs : deux cents badauds,
se bousculant, les suivent, et instantanément me
voilà seul, tout ahuri.

Et ravi, et philosophant : ah, l'homme-kilomètre
(car c'était vrai peut-être, à neuf cents mètres
près), qui, prudemment, suivait : il ne faut point
s'attirer des affaires ! Et le furibond-homme-
sensible chez qui, sa face l'assure, pleuvent coups
de poing et coups de pied, quand la vinasse
d'Auvergne (1) lui tape dans le nez ! Et la pauvre
enfant — pauvre non d'avoir été battue, d'ailleurs elle ne montrait ni plaies ni bosses —
mais d'avoir vu son père humilié ! Et la scène
au retour, entre ce père chétif, et cette loque
de mère ! Et la haine que prendra peut-être
ce père contre l'enfant qui vit sa déchéance !

Et la sottise du philosophe, que, sans la diver-
sion du sergent de ville, la foule allait peut-être
équitablement lyncher pour l'avoir voulu frustrer
de son plaisir !

(1) Pardon, Jean Ajalbert ! Pitié, Vercingétorix !

DRAME

Cette nuit, tout à l'heure, trois heures ont sonné : j'entends à cinq, six cents mètres un coup de revolver claquer, puis deux, puis trois. Je cours à la fenêtre, j'ouvre : la rue est muette et noire, le vent souffle avec délire, pourchasse la lune et les nuages, tord la flamme des becs de gaz affolés. C'est évidemment au delà, plus loin. Peut-être quelque ouvrier ivre égayait-il son samedi de paye ? Je referme, je reprends mon livre. Un, deux, trois autres coups ; je sursaute et je rouvre : rien toujours, mais dans le loin, vers quelle direction je ne sais trop, de distincts appels d'homme percent les gémissements du vent. Et puis le silence retombe, et toujours dans la rue le vent et la solitude. J'attends ; en vain : c'est fini ; les appels sortaient non d'un mourant ni d'un blessé, mais d'un homme très effrayé qui appelle au secours. Et je me rassieds, bourrelé par l'idée qu'un être pas très loin d'ici est en train de mourir. Et pourtant je reste assis.

RUE GEOFFROY L'ANGEVIN

La morte doucement dans son grand lit repose, dans son trop grand lit, bordée comme un petit enfant : elle approchait quatre-vingts ans avant cette heure où l'on n'a plus d'âge. De son petit corps, les pieds seuls soulèvent le drap, tout le reste étire un creux au bout de quoi la tête émerge, une pauvre petite caboche ronde, presque veuve de cheveux, desséchée comme une vieille pomme, et qui sur le côté retombe, boule de bilboquet mal plantée. Auprès, sur la table de nuit, contre un brin de buis dans un bol à tisane trempant, un bout de bougie allumée s'ennuie tout seul.

En bas, tapage ; dans la loge de la concierge, les cinq héritiers, dont quatre femmes, quatre paysannes de Picardie, laides, sèches, rèches, quatuor de crécelles empaquetées dans du noir, aigrement disputent, autour du notaire résigné, à qui ne soldera point les frais de l'enterrement.

Au dehors, au grand beau soleil de mai, le régleur de funérailles béatement grille une ciga-rette, en reluquant la tourelle fine de Saint-Merri.

BELLE COMME LA BEAUTÉ

Aux temps lointains où le *Mercure de France* gîtait au n° 15 de la rue de l'Echaudé-Saint-Germain, au sortir des rachildiens mardis, je passais nécessairement devant les maisons de la même rue que désignent — sans ostentation — les n°s 27 et 29. Elles datent vraisemblablement du temps de la Ligue et virent la Journée des Barricades. Leur rez-de-chaussée bas se creuse entre des pilastres trapus dont le rude encorbellement peine sous la tassée des étages. Les rideaux rouges, savamment éclairés, se soulèvent d'eux-mêmes dès que sonne le pas d'un mâle : et un visage de bonne hôtesse apparaît, souriant et fardé. L'esprit ennuagé par la fumée des cigarettes et celle des sottises dites, se retrouvait sans surprise dans ce Paris de Mathurin Régnier, si parfaitement assorti à la rue étroite, silencieuse et noire, au delà de laquelle s'entrevoyaient les tours de Saint-Sulpice, tandis que battaient les cloches de Saint-Germain des Prés.

Jean de Tinan, un soir, entr'ouvrit l'une des baies hospitalières : « Que faites-vous donc là, Mesdames ? » demanda-t-il d'un air candide. « L'amour, mon joli brun... »

Hélas ! ici, l'auteur d'un *Document sur l'impuissance d'aimer* se conduisit... mon Dieu, comme son titre : il ne trouva à répondre que : « Continuez. » Et s'esquiva ! Que ces dames n'avaient-elles lu Chamfort ? Elles auraient su quoi répliquer : « M. le comte de Charolais, ayant surpris M. de Brissac chez sa maîtresse, lui dit : « Sortez ! » M. de Brissac lui répondit : « Monseigneur, « vos ancêtres auraient dit : « Sortons ! »

Je résolus de relever l'honneur de mon sexe. J'entrai, et je continuons. Et j'en fus merveilleusement récompensé ! Ma partenaire mima bientôt le vers de ce cher Racine :

Que ces vains ornements, que ces voiles me pèsent...

Or, voici que le suprême se vit arrêté dans sa chute par la pointe d'un des seins : de sorte que, une seconde durant, l'autre seul apparaissait, rond, lisse, satiné, rose, ferme, élastique, marmoréen, sublime ! Splendeur d'un fragment de statue ! vision qui toujours me demeurera présente, et qui me fit écrire — pas immédiatement ! — les vers dorés que voici :

La chemise glisse,
Un sein a jailli :
L'autre se hérisse,
A demi retient,
Suspendu, le lin :
C'est rien qu'un éclair,
L'autre sein jaillit ;

> La chemise glisse,
> S'arrête un moment
> Autour des deux cuisses,
> Et puis se répand :
> Angoisse et délice,
> Le fruit a jailli !...

Et quand je relis dans *Anthinéa* les phrases par quoi Charles Maurras célèbre l'une des « Parques » de Phidias : « La ceinture a glissé. La robe laisse à découvert une gorge naissante, l'épaule ronde, ferme, forte, si pleine de saveur, de finesse et de gloire qu'on n'en peut rêver de plus belle... », ce n'est point toi, Parthénis, que je revois, ce n'est pas Athènes et c'est aussi beau : le sein, — le sein gauche et l'épaule de la jeune gaupe qui se dévêtit, pour moi ! dans un bouge de la rue de l'Echaudé-Saint-Germain. Un bouge ? Oh ! non : ton sanctuaire, ô Beauté !

FRÈRE FLIC

I

Boulevard Sébastopol, une fille galante, coursée par un agent des mœurs, lui glisse entre les nageoires, et s'engouffre effarée dans la rue du Cygne ; elle a frôlé un sergent de ville qui la regarde filer, un sourire paterne aux moustaches :

— Elle a vu quelqu'un qu'elle n'aime pas ren-
contrer, dit-il à la tenancière du cabinet d'aisance avec qui il faisait la causette.

M. Jean-Foutre fils, dans le même moment,
passe avec son papa : « Pourquoi se sauvait-elle
comme cela ? Elle avait donc volé ?

— Elle avait fait pis !

— Alors, pourquoi le sergent de ville ne l'a-t-il
pas arrêtée ?

— Parce qu'il manque à son devoir, répond à
voix très haute M. Jean-Foutre père !

— Dites donc, vous ? crie le sergent de ville,
et si je vous emballais, hein ? vous verriez si je
manque à mon devoir ! Et tâchez de vous *taiser*
un peu, et puis de filer ! »

Et M. Jean-Foutre père se réfugie, éperdu, où ?
dans le cabinet d'aisance ! A travers la cloison
il entend peut-être la tenancière et le flic se tordre
comme des bienheureux.

Et, devant la porte, M. Jean-Foutre fils monte
la garde éplafourdi : car une autre fille galante
arrive, qui lui darde d'assassines œillades !

II

Même boulevard, autre matin. Un passant,
à brûle... pourpoint, tout en marchant, allonge
la main, et fourrage la croupe d'une hétaïre. La
fille se retourne, indignée :

— Est-ce que vous croyez que vous avez le

droit de m'insulter parce que je fais la... (elle envoie le mot technique) ?

Le passant l'injurie grossièrement. Un sergent de ville survient : Vous allez passer votre chemin tout de suite et laisser Madame tranquille !

III

Un sergent de ville aidait une vieille dame impotente à traverser les grands boulevards sillonnés de trombes d'automobiles. Je m'emplissais les yeux et le cœur de la sollicitude vraiment touchante avec laquelle le colosse guidait bien lentement, bien doucement, la petite vieille apeurée, accrochée à son bras robuste. Cette physionomie de bon Samaritain ne m'était pas inconnue. Et tout d'un coup, je me souvins : parfaitement, oui, six semaines auparavant, au cours d'une manifestance, j'avais remarqué la virtuosité avec laquelle le bon Samaritain martelait de ses poings gigantesques des femmes et des garçonnets égarés dans la bagarre.

DES BIPLANS DANS MON ASSIETTE

Je n'avais jamais vu d'aéro, sinon au cinéma, lequel en choisit et dégage les instants héroïques : la foudroyante envolée vers l'aventure, puis aussitôt la planée allègre et victorieuse, et bientôt la descente triomphale et tranquille. Mon séjour dans un village tout proche d'une importante volière à avions provoque qu'à présent j'en contemple chaque jour. Et mon enthousiasme tombe. Ce n'est pas beau, un aéro : au repos, une vaste caisse d'emballage montée sur chariot ; dans l'air, quelque chose de rigide, de mort, une grande libellule desséchée. Oiseau ? homme-oiseau ? que non pas : rien qu'une machine. Peuh !

On essaie bien de se monter la tête en songeant à l'héroïsme de l'homme, son sang-froid, sa science, son à-propos en quelque sorte divinatoire : oui, certes, mais tant de vertus, ne les déploie-t-il pas autant quand il maîtrise une femme, subjugue un cheval vierge, pourfend la mer du fond d'une barque ? J'oserai dire plus, et que le fameux vers d'Horace demeure de circonstance : c'est bien plutôt pour se hasarder sur l'eau — paquebot ou planche — qu'il se faut barder le cœur d'un triple airain. Se confier à l'air fut toujours l'appétit de l'homme, et comme sa vocation ; cependant qu'il a fallu le génie de Jules Verne pour nous apprivoiser avec l'idée de plonger vers le centre de la terre ou dans les abîmes liquides.

Ce ronflement venant troubler l'auguste paix de la campagne, puis ce traînement d'une flèche lente sur l'azur immaculé me raclent les nerfs. Si du moins cet Icare, si je pouvais me figurer qu'il tombera peut-être, je prendrais un intérêt vraiment sympathique à son insolente incursion dans mon ciel. Mais non, il va, sûr de soi : Persée sur son fougueux dada de tout repos, et moi aussi je suis sûr de lui. Et, malgré tout, voilà que je lève les yeux vers lui, et c'est moi, héros obscur, qui trébuche contre un caillou !

C'est si simple d'aller au ciel, par une simple prière !

AVANT-GOUT DU PURGATOIRE

C'est un rhumatisme à la fois casanier et vagabond ; gîté dans mon membre supérieur gauche, il s'y promène du paleron à la pointe des doigts. Assez indolent le jour, il manifeste sa présence par des lancinements sourds, ici, là, plus loin. Mais dès le soir, il s'agite, et la nuit, tout à fait réveillé, agile et dispos, intime à son hôte que c'est fini de rire, et que dormir trop est malsain. Il saisit entre ses pinces les tendons et les nerfs, s'y agriffe, y joue à l'escarpolette ; il taraude les articulations de l'épaule, du coude, du poignet, de chacun des doigts ; entre les os et les muscles, il insère des lames de rasoir subitement aiguisées. Le biceps surtout a pour lui mille attraits : il le palpe, malaxe, tenaille, mordille, mord, triture,

en compose une masse inerte, mais non insen-
sible ! Après quoi il redescend ; puis remonte
encore, et essaie « s'il n'y aurait pas moyen » de
dépiauter l'épaule. Non, elle tient solide :
dépité, il glisse le long du bras, funambule
le long de sa corde lisse, et se revanche sur la
main, dont à nouveau il enrage les cinq doigts,
l'un après l'autre, ou tous ensemble. Un bon
diable, pourtant : quand l'aurore ailée s'élance
dans le ciel, il pique une tête entre deux chairs
et s'assoupit, rêvant seulement un peu haut.
Et, le jour revenu, il s'assagit presque définitivement, taquinant son propriétaire juste assez pour
lui rappeler qu'il fera nuit ce soir.

LA VRAIE ÉLOQUENCE

... se moque de l'éloquence.

Dans la rue, deux ouvriers attendant l'autobus,
jasent en piétinant sur le trottoir :
— ... Mais oui, je me trouvais là. Un gamin de
quinze ans, un apprenti, sur sa bicyclette : il
venait de la place de la Bourse. A la hauteur de
la rue Colbert, là où les travaux de la Bibliothèque Nationale rétrécissent la rue Vivienne,
il bute de la roue contre un garçon de magasin

qui marchait devant lui, tout chargé de cartons, et qui venait de ralentir, rapport à l'encombrement : les cartons le renvoient contre un camion qui remontait dans l'autre sens ; le voilà par terre, les deux roues lui passent sur le corps, l'une après l'autre. On s'est précipité : il était déjà mort, la poitrine défoncée, et le sang qui lui sortait à flots de la bouche ; cela a fait aussitôt une mare : le ruisseau est devenu tout rouge. On a jeté bien vite une couverture sur lui, les agents l'ont transporté à la pharmacie de la rue Richelieu, mais on ne l'a même pas entré : pourquoi faire ? Ils l'ont reposé sur le trottoir, ils ont réquisitionné un fiacre qui l'a emporté à la Morgue...

J'ai à peine rectifié çà et là une tournure dans cette leçon d'éloquence sobre que me donnait, à moi professionnel, un ouvrier quelconque, mais ouvrier parisien.

COMMENT L'AMOUR VIENT
AUX PAVÉS DE BOIS

Boulevard Magenta, la chaussée fait peau neuve, et les pavés de bois s'amoncellent. Voici midi : des employés, des ouvrières, se sont attroupés autour d'un monsieur qui s'absorbe dans une besogne très intéressante sans doute, mais dont je ne comprends pas la signifiance. Il a distrait un pavé, il le dresse sur le trottoir, il se recule ; il revient, fait pivoter d'un quart son pavé, se recule encore, revient..., etc... Voilà qu'il pose un second pavé, le fait évoluer de même, l'approche du premier, les entre-choque, les fait fraterniser : chaque instant de la manœuvre immanquablement suivi de l'efface-ment de l'opérateur. Cependant, un pavé plus menu est glissé derrière les deux autres, puis eux, soudain écartés, le démasquent :

— Tu ne saisis donc pas, dit un assistant à son voisin ? c'est le père, la mère et l'enfant ! Sur quoi je m'approche et aperçois alors, à dix pas de là, un poète du cinéma qui tournait attentive-ment son moulin « à café », pendant que le col-lègue combinait la stéréotomique idylle.

LE FAUX-COL DU REMORDS

> Ed ecco ad un, ch'era da nostra proda,
> S'avvento un serpente che'l trafisse
> Là dove il collo alle spalle s'annoda...
>   Perch'ei rispose...
> ... Vita bestial mi piacque...
>
> DANTE.

Un soir de l'autre mois, je m'attardai en joyeuse mais coupable compagnie ; il me fallut enfin prendre le train pour regagner ma demeure ;

vingt minutes d'un chemin montueux séparent
la station de celle-ci ; la nuit était lourde et je me
sentais échauffé : je dus bientôt déboutonner
mon faux-col, et il m'échappa, et je ne pus le
retrouver. Mais je le revis le lendemain matin,
comme je descendais vers le train de Paris, je le
revis, tout piétiné déjà, et je le revis le soir. Et
le jour suivant de même, et de même tous les jours,
chaque soir, chaque matin, et chaque fois piétiné
un peu plus. De très loin je l'aperçois, je sais
d'avance que je vais l'apercevoir, mes yeux le
cherchent malgré eux. Je ne puis, je n'ose le
ramasser, car celle que j'aime me guette de la
villa prochaine. Nul service voyer, bien entendu,
dans cette campagne. Ainsi, jusqu'à ce que les
roues des chariots, les talons des passants, les
pluies aient désagrégé, anéanti enfin — si cela
doit jamais venir — le tissu qui semble indélébile,
chaque matin, chaque soir, je verrai, j'entendrai
le faux-col, jadis immaculément blanc, me crier
en sa langue : « Fagus, Fagus, Fagus, tu as
souillé ton âme immortelle ! »

— Ces faux-cols, réellement inusables, sortent
de la maison Francis Carco, « linge Monopole »,
439, rue Saint-Honoré, à Paris.

GRANDE BANLIEUE

> Les grands frissons du soir ont envahi la plaine.
> HENRI DEGRON (1).

26 mai. — Il est huit heures du soir et le chemin de fer m'emporte vers le plaisant village de Verrières-le-Buisson. J'ouvre une fois de plus la revue de Henri Strentz, et qui s'intitule *le Gay Sçavoir !* et m'immerge à nouveau dans les vers futuristes de Guillaume Apollinaire :

— Tu chantes avec les autres tandis que les phono-
[graphes galopent
Où sont les aveugles ? où s'en sont-ils allés ?
La seule feuille que j'ai cueillie s'est changée en plusieurs
[mirages
Ne m'abandonnez pas parmi cette foule de femmes au
[marché
Ispahan s'est fait un ciel de carreaux émaillés de bleu
Et je remonte avec vous une route aux environs de Lyon

Le train roule ; des joueurs de manille s'invec-
tivent à gros tapage (seraient-ils futuristes ?) Je me remets à lire avec acharnement :

(1) *Les Poèmes de Chevreuse.* Cette pièce est dédiée à M. Alfred Vallette.

... Un enfant
Un veau dépouillé pendu à l'étal
Un enfant
Et cette banlieue de sable autour d'une pauvre ville
au fond de l'Est
Un douanier se tenait là comme un ange
A la porte d'un misérable paradis
Et ce voyageur épileptique écumait dans la salle
d'attente des premières

Les stations se succèdent ; j'ai bien mal à la
tête, pourtant je ne cède pas : je voudrais tant
comprendre, ô Boileau, Boileau, Boileau !

Engoulevent Grondin Blaireau
Et la Taupe-Ariane
Nous avions loué deux coupés dans le transsibérien
Tour à tour nous dormions le voyageur en bijouterie
                                             [et moi
Mais celui qui veillait ne cachait point un revolver aimé

Terrassé, je m'endors. Un silence me réveille.
Les manilleurs ont disparu, me voilà seul, le
train repart : où suis-je ? Je le saurai à la prochaine
station. La voici. Celle où je devais descendre
est dépassée. Une autre, et je saute de vagon.
Et me voici subitement dans la merveille d'une
largissime allée aux si vastes feuillages qu'ils
se rejoignent, voûte de cathédrale, et par les
interstices j'aperçois les étoiles palpiter. Au
fond, une auberge luit, pimpante, enfouie dans
la noire verdure. Certes,

Les rendez-vous de noble compagnie
Se donnent tous dans ce charmant séjour,
Et doucement on y passe la vie
A célébrer le champagne et l'amour.

Et j'entre, et apprends me trouver à Saint-Remy lez Chevreuse, illustré par Samain, Henri Degron, Stuart Merrill ; qu'il est dix heures, et que l'unique train idoine à me rapatrier passera dans une heure. Or, tandis que je m'assimile le pain, fromage, vin, est-ce l'intoxication futuriste ? est-ce le breuvage sauveur ? Je me sens transporté à trois siècles en arrière, en cette même auberge, mais reculée jusqu'à Etampes : je suis le baron de Mergy, dépêché par Henri de Béarn auprès de la reine Margot. Au loin, des trompes de chasse ronflent, une chevauchée approche : les gardes du roi, parbleu, avec leur capitaine, M. de Comminges, mon propre rival. Je les entends irrompre en tumulte et turlupiner l'aubergiste Girot :

Holà, faquin, debout, dressons la table !
Vite à souper : du vin, du vin, du vin !

Le fracas s'accroît, un sifflement déchire l'air : le train hélas ! Je m'y précipite, tout vibrant encore du *Pré-aux-Clercs*, car c'était ce délicieux opéra-comique que je venais de revivre. Ah, elle garde bien des charmes, la musique d'Hérold, mais le livret que Planard découpa dans la *Chronique de Charles IX*, est loin d'être méprisable : grâces soient rendues au futurisme qui m'en fit mieux goûter la joliesse troubadour, délectation de mon adolescence :

> Souvenirs du jeune âge
> Sont gravés dans mon cœur...

Cette savoureuse nostalgie a mille sources, et nous capte par mille obscurs liens. J'habitais depuis peu ce joli village, dont le cadran solaire avertit le passant : *Utere præsenti, memor ultimae,* quand un matin d'un dimanche, il me fallut quérir le médecin ; il n'était pas chez lui, il ne devait revenir qu'à une heure de là. Je vaguai en l'attendant sur la route de Paris ; une enseigne m'obséda : *Hôtel du Faisan doré.* Sans savoir pourquoi, j'entrai ; une accorte fille apparut. — Hé, la belle enfant, fais-*nous* sauter une omelette au lard, et tu la soutiendras d'un vin un peu généreux ! Cependant, je posai bruyamment sur la table ma lourde canne de bois tordu (de celles que sous le Directoire on nommait une *constitution*) et me dépouillai de ma vaste houppelande à triple collet : je n'avais d'ailleurs ni houppelande, ni canne. La collation expédiée, les gazettes parcourues, je passai prendre un café, sérieusement étoffé de cognac, au cabaret de *la Croix-Rouge.* Je songeais à une partie de billard, quand je me découvris être seul ; aussi bien ignorais-je parfaitement le noble jeu que favorisa Louis XIV. Cela me réveilla, me rappelant brusquement le motif sévère de ma sortie, et je courus là où il fallait.

Tout en revenant par la grand'rue sinueuse et rêvant à tout ceci un paysage analogue se superposa, diffus d'abord, graduellement subs-tantiel : la route de Lyon, qui se fait grand'rue à Villeneuve-Saint-Georges, Montgeron... Lieu-saint... et traverse cette forêt de Sénart toute embaumée encore du gracieux fantôme de ma bonne amie, la marquise de Pompadour. Je passai jadis un suave printemps dans ce suave canton. Et la lumière se fit : sitôt au logis, je saisis, feuilletai, la vénérable brochure qui débute par ces lignes pathétiques :

AU ROI. — *Sire :* Une famille éplorée dont les malheurs sont connus depuis vingt-cinq ans, par la France entière, vient les mains suppliantes déposer avec confiance, au pied de votre trône, le récit de ses inex-primables infortunes...

(Non, il ne s'agit pas d'Alfred Dreyfus.)

J'atteignis bientôt ce passage :

... Le 27 avril 1796 (8 floréal an IV), quatre hommes à cheval paraissant plutôt se promener que voyager... Ils avaient dîné à Montgeron, chez la dame Ricard, aubergiste ; ils avaient pris le café et avaient joué au billard chez la dame Chatelain, limonadière...

C'est tout simplement la supplique à Louis XVIII des héritiers de « l'infortuné Lesurques », c'est l'illustre et ténébreuse affaire du Courrier de Lyon. Je ne l'avais relue de longtemps, mais, récemment, le cinéma me l'avait restituée avec une grande fidélité *topographique*.

Les songes-creux du poète viennent de sa prédisposition à éprouver vivement ce que Baudelaire nomme « les correspondances ». Au contraire des cités, disqualifiées, défigurées, décapitées, désâmées, futurisées, ces villages d'Ile-de-France ont gardé leur visage, leurs parentés, leur race, leur parfum : Etampes et les Valois, Sénart et Louis XV, Verrières et Louis XVI, Lieusaint et les bandits du Directoire..., tout cela uni en une sorte de commune mesure historique que voulurent exprimer ces vers, écrits route de Fontainebleau, et *qu'on ne put s'empêcher* de dater des environs de Versailles :

> O village, ô sa grande rue
> Où le train du roi dévalait,
> Noble France toute apparue,
> O, la route de Viroflay !

> O notre France tout ensemble,
> Je vous entends, je vous revois ;
> Mon œil se mouille et le sol tremble :
> Je suis sur le pavé du roi.

> Voici tonner les équipages
> Les vivats, la salve des fleurs,

Tout un peuple sur le passage,
Le pavé tremble, et notre cœur.

Vive le roi ! voici l'escorte,
Elle galope un train d'enfer,
Un flot de poussière l'emporte
Dans comme un ouragan de fer ;

Et tout a fui ! mais de la Reine
Dans un éclair on a vu luire,
Hors le carrosse qui l'entraîne,
Loin penché l'adoré sourire :

Et les logis en ont gardé
Cette clarté presque divine,
Que l'astre rouge vient marquer
D'un saignement de guillotine.

Mais le fracas décroît, un sifflement déchire l'air : le train s'arrête, hélas ! Je me précipite, emportant cette vision d'autrefois : O noble France, France royale, notre seul pays !

. . . .

— Mais, pourquoi Viroflay, précisément ? Probablement parce qu'à une des frairies de la vieille *Plume*, celle de Merrill et Degron, l'un de nous récita cette mélancolique ballade de Rudyard Kipling :

« ... Sur la route de Mandalay !...»

HIVER

L'humble contribuable avait affaire certain jour, à la mairie dont il dépend. Midi sonnait ; au seuil, un vieux concierge tout cousu de médailles me dirigea vers l'huissier, imposant et paterne, chaîne d'argent au col, et qui m'introduisit dans un escalier. Parvenu au palier, je ne savais trop dans quel couloir m'engager quand je reconnus, dans sa logette vitrée, un garçon de bureau. J'osai entrer, non sans timidité : ce garçon de bureau fut cuirassier naguère, ou garde républicain : quel thorax et quels poings ! et quelle moustache ! J'en frémis rétrospectivement. Le ruban d'une médaille de sauvetage illustrait son habit bleu aux boutons d'éblouissant métal. Pour le moment, ses retentissantes mâchoires ravageaient quelque chose qui m'apparut un châteaubriand aux pommes, et qui fondait sous ses regards héroïques ; un litre de vin fort entamé rougeoyait, rubis en décoction, et une odeur succulente flottait. Comment troubler cet être redoutable ? c'est lui qui m'interrogea, et bienveillant, et protecteur, me mit en mon chemin.

Le bureau où je pénétrai était pareil aux 60.000 bureaux administratifs de France :

cartons verts, registres verts, murs verts, jour
louche, et parfum de moisi. Cependant, sur la
table à pupitre, une pile de livres, un éparpillement de revues, aux murs quelques estampes
anciennes avec de vieux plans ; une branche de
houx, un brin de gui, dans un vase une rose,
— je relate cela en gros, selon mon souvenir —
lui donnaient la noblesse insolite d'un cabinet
de travail. Je n'aperçus pas immédiatement
le scribe : courbé devant un corpulent poêle de
faïence, il exposait à la fournaise une assez
mal odorante mixture contenue dans une espèce
de gamelle posée sur la pelle à feu. Au bruit de
mon entrée, il se redressa et gagna sa place
précipitamment. Tandis que je lui détaillais
mon cas, un fracas retentit, qui me fit retourner :
la pelle venait de basculer, faisant choir, ci
dans le feu, là dans le seau à charbon, une
averse de lentilles et de ronds de saucisson.
— Ce n'est rien, ce n'est rien, bafouilla le scribe,
dont je remarquai alors les grands yeux tristes,
la barbiche blonde, la face maigre et le front
vaste. Le renseignement reçu je m'esquivai,
songeant avec remords que ce rond-de-cuir
anonyme était peut-être un poète et qui, grâce
à moi, ce jour-là n'a pas déjeûné.

AUTOMNE

Octobre, huit heures du soir : en cette arrière-saison et cet arrière-faubourg bellevillois, tout carrefour, même un samedi, se fait déjà désert. Un vent aigre et fantasque soufflait, suspendant la pluie imminente, et un chanteur ambulant avançait lentement, luttant contre le vent : semblable à une ombre de plus. Quelque ouvrier sans travail : blouse noire, casquette noire, tout cela aussi propre que pauvre, et qui se dessinait peu à peu à mesure qu'il entrait dans le vacillant halo jaune du bec de gaz. Il était jeune et paraissait trente ans, mais affreusement vieilli par la misère, la fatigue et la plus déchirante tristesse ; il n'avançait que très lentement, ainsi que quelqu'un qui aurait marché tout le jour et il fallait qu'il eût cheminé (en vain !) par toute la ville, pour se pousser jusqu'en ces solitudes. Une liasse de chansons fripées émergeait d'une gibecière misérable, ballottant contre son flanc, et il s'accompagnait sur une guitare, hélas tellement vieille qu'elle ne résonnait plus. Ce qu'il chantait d'une voix brisée, était une romance datant de 1885, et dont la joliesse surannée devenait navrante ici :

Quand au printemps dans la ramure
Les tourtoureaux vont roucoulant,
Le zéphyr au tendre murmure
Fait refleurir le lilas blanc ;
Vous devez penser, il me semble,
A ce lilas que vous aimiez ;
Nous allions le cueillir ensemble
Tandis que chantaient les ramiers...

Mais le lilas blanc qu'adorait m'amie
S'est bientôt fané lorsqu'a fui l'avril,
Et quand reviendra la saison bénie,
Ton cœur adoré me reviendra-t-il ?

Romance si bien connue, reflet, bouffée de parfums de ma si regrettée enfance ! Le lamentable guitariste la psalmodiait d'une voix si juste, si douce et nostalgiquement tendre, que les larmes mouillaient mes yeux ; mais voix si faible aussi, que la rafale emportait tout, et nulle fenêtre hors la mienne ne s'ouvrait. Le bec de gaz l'éclaira brusquement en plein, je crus positivement voir mon propre spectre, oui, moi-même ! et je refermai la fenêtre avec un tremblement. Un remords : je courus à lui. Plus rien, la nuit.

PRINTEMPS

L'oisiveté dominicale a fait toute maussade la laborieuse rue de Cléry. Une Italienne, un petit Italien, sous le ciel encore gris se démènent : le gamin, affublé d'oripeaux malpropres, gambille je ne sais quelle espèce de bourrée transalpine, et talonne le pavé moite de Paris avec une rage de petit barbare. La femme, vieux croquenauds d'homme aux pieds, robe noire épuisée, camisole juste assez blanche pour en rendre évidente la crasse, et nu-tête, alternativement écartèle et pressure un accordéon glapissant. Elle fut belle, et même une superbe bête, et vieillie, elle en impose encore. Sous ses crins noirs en bandeaux, la toiture étroite du front descend jusqu'aux pommettes, aux joues sèches qu'elle aplatit, où les montent rejoindre des mâchoires qui enserrent un menton demeuré rond ; une méprisante moue attelle le nez aux lèvres bridées. Les yeux durs ne daignent rien voir ; au-dessus de son ventre maigre se roidit son maigre torse et ses jambes sont cambrées comme pour un défi.

Sur le couple grêlent les gros sous, et dans cette rue ouvrière où, comme en tant d'autres, je ne vis jamais se tendre une main vers la plus déchirante infortune, le petit pillard muet, l'étranger aux yeux mauvais, pourchasse l'argent de France d'un geste, d'un regard, qui voudraient darder des coups de couteau.

ÉTÉ

APOTHÉOSE RUE DE LA BANQUE. — Un midi de juin, chez un marchand de vin, j'ai humé ceci, à travers mon verre de vin d'Anjou, mon verre de vin où frémissait l'aurore. En été, chez ce marchand, un battant de la porte vitrée, replié, est remplacé par une immense volière; cette volière, un vacarme tourbillonnant et chamarré l'emplit : chardonnerets et grives, rouges-gorges, roitelets, sansonnets, serins couleur de soufre, alouettes, bergeronnettes, et je ne sais quels encore, à même un emmêlement d'herbes, de mousses, de plantains, de mouron. Au delà, un rempart de fleurs : l'éventaire d'une fleuriste, c'est-à-dire, sous l'averse du soleil de juin, des tas de lys, de roses, de toutes les fleurs de l'été déflagrant leur explosion d'odeurs. Or, voici que la vendeuse se penchant pour atteindre une botte d'œillets, sa camisole s'ouvrit, à cette superbe femme de quarante ans ! un vaste sein, rond, copieux et blond, fruiteux, tout gonflé de suc, brandit sur moi son bouton écarlate, caressé d'un rayon de soleil !

EXTENSION

Comme vous j'ai mes morts : une cousine au cimetière d'Ivry ; mon père, ma mère, au Père-la Chaise ; ma femme, mon fils, à Belleville. Je savoure une mélancolique consolation à les savoir reposer dans ce Paris, le mien, le leur, le nôtre, et ce sont fleurs de mon jardin que j'offrais à leurs tombes... quand j'avais un jardin. Pour ma petite sœur, elle dort à Belleville aussi, tout là-haut, et mon petit frère à Pantin : voici longtemps qu'on les a versés à la fosse commune. N'importe ; leurs dépouilles n'en sont que plus intimement mêlées à notre terre parisienne. Nous sommes présents.

Or, voici que, décentralisatrice à sa façon, l'administration-de-la-préfecture de la Seine abat les fortifications, écartèle notre ville, la prétend distendre jusqu'aux limites du département, puis au delà. Cela se baptise, par euphémisme, l'Extension de Paris : Ravaillac et Damiens furent extendus ainsi ; dépeçage en grand. Soit. Seulement, et cela est prévu, on « désaffectera » les cimetières, selon qu'on s'exprime, toujours par euphémisme (puisqu'on n'a plus le courage de nommer les choses par leur nom). Et mes morts ? On m'en expulse ? on me les déporte ?

à moins qu'on ne les « incinère », en tas ?
Oh ! immédiatement, non : dans un siècle. Mais,
dans un siècle, je vivrai comme aujourd'hui :
je vivrai toujours en la personne de tous mes
petits-enfants, et mêlé à leur, à ma terre, à
tous nos pères.

Il y a quelque chose de touchant, de puéril,
et d'auguste aussi, dans la formule « Concession
perpétuelle ». Et aussi de réel : droit formel,
propriété, qui tiennent à la chair. Que dans
un an, dans cent, dans mille, on disperse nos corps,
on nous a assassinés. N'est-ce pas suffisamment
cruel, que je ne puisse retrouver la place de la
chambre où je suis né, rue des Moineaux, là-bas,
à Bruxelles la blonde ?

M. DE GUÉNÉGAUD

O mon Paris, comme chez toi l'histoire se mêle
à la légende et le roman !

Mme Danglars avait demandé ses chevaux et était
sortie en voiture. Elle se dirigea du côté du faubourg
Saint-Germain, prit la rue Mazarine, et fit arrêter
au passage du Pont-Neuf. Elle descendit et traversa
le passage... Rue Guénégaud, elle monta en fiacre (1)

(1) Un *fiacre* était un véhicule analogue à nos automobiles. Les
personnes âgées de ce temps se souviennent d'en avoir vu cir-
culer : le moteur était figuré par un cheval quadrupède.

en désignant comme le but de sa course, la rue de
Harlay...

C'est Alexandre Dumas, qui nous dévoile ceci,
dans le *Comte de Monte Cristo*, t. IV, p. 117, et qui
se passait vers 1840. Le passage du Pont-Neuf,
quelques mois avant guerre, fut transformé
en une profonde tranchée noire et blanche, qu'un
hasard railleur dénomma rue Jacques-Callot :
le pan de hautes maisons éventrées lève une
muraille déchiquetée vers le ciel : hérissement des
cheminées, abîmes des courettes, traînées de suie
des foyers, lui font une âme basaltique et volca-
nique. Une sapine d'étais contre-étayés bute
son oblique estacade en escalade jusqu'aux
étages les plus hauts. Rempart de cité de moyen
âge au sortir de quelque terrible assaut : échelles,
coulées de plomb fondu, incendie et mort, et
solitude enfin.

Au fond, la rue Guénégaud plonge de biais vers
le fleuve, son encoignure préfacée d'une assez
coquette maison Louis XV : le petit hôtel Guénégaud. En 1792, habitaient là les Permon, venus de
Montpellier ; la dame était Corse : un jeune
cadet de l'Ecole militaire, au nom alors peu relui-
sant de Bonaparte, y désœuvrait ses journées de
sortie. Certaine fois, enragé par sa misère, il
décria farouchement le gouvernement : « Tais-toi,
lui dit le cousin de la dame : on ne parle pas ainsi
du roi quand on est élevé par sa charité. » Le

petit Corse se tut ; qui sait ce qu'il renfonça en sa poche au fiel ?

La fillette du lieu s'appelait Laure, celle même qui devint citoyenne Junot et puis duchesse d'Abrantès : sa fête tombait le 10 août, avec la Saint-Laurent : triste fête, cette année-là ! Le petit Corse rôdait aux Tuileries. (« *O coglione !* si tu m'avais confié une batterie de canons !... » Et il n'en dit pas davantage.) Pendant ce temps, des ci-devant se réfugièrent dans la chambre de la fillette, dont M. d'Averton, qui, officier aux gardes du corps, s'était battu trois fois pour sauver la reine, et s'en revenait blessé, ayant occis deux républicains. Dès le lendemain, les Permon, dénoncés, fuyaient, s'exilaient, abandonnant leurs enfants aux affreux hasards de la Révolution. Cette maison, déchue en hôtel meublé, va disparaître : pour rien, pour le plaisir. Et ainsi s'effacent, mêlés, l'histoire avec le roman.

Tout près, en cette même rue, longtemps a subsisté la gargote au Père Fricaud. Vers 1844 y déjeûnait le chansonnier Pierre Dupont, surnuméraire au secrétariat de l'Institut. Ceci par la protection de Pierre Lebrun, auteur alors notoire d'une *Marie Stuart*, gloire qu'il ne faut pas confondre avec Lebrun-Pindare, l'épigrammiste, ni Charles Lebrun, prince de Plaisance, archi-trésorier de l'Empire, ni, autre gloire, Lebrun-Tossa :

— C'est un sot que Lebrun-Tossa ?
— Hélas ! oui, mais le pauvre hère
Se fâche quand on lui dit ça :
Il est donc toujours en colère !

Pierre Dupont y déjeûnait donc, pour 26 sous, somme opulente à l'époque, avec le jeune Gounod, lequel lui corrigeait la musique des *Sapins*, du naïf *Chant des Ouvriers* :

... Buvons, amis, buvons
A l'indépendance du monde !

ou lui donnait rendez-vous pour aller entendre le Père Lacordaire à Notre-Dame.

Athos a demeuré rue Guénégaud : Alexandre Dumas aussi s'en porte garant, dans les *Trois Mousquetaires*, et tout près de là, rue Mazet — c'était alors rue Contrescarpe-Saint-André, — subsista jusqu'en ces dernières années l'antique *Auberge du Cheval Blanc*, où l'on réussissait encore à déchiffrer en façade : « Ancien... des Carrosses d'Orléans : 1652. » Là tenaient assises Athos, Aramis, Porthos et d'Artagnan (le vin y devait être fameux), vraisemblablement quand ils descendaient prendre la garde au Louvre : d'Artagnan, de sa mansarde de la rue des Fossoyeurs, près le Luxembourg ; Aramis, de la mystérieuse alcôve de la rue Cassette ; Athos était tout porté, sauf le temps qu'il logea rue Férou ; Porthos, c'était rue du Vieux-Colombier, tout près de chez Jacques Copeau, fort vexé du voisinage.

J'ai passé le Pont-Neuf, trois et quatre fois vénérable ; je poursuis ma route, et, montant la rue Montmartre, longeant la Bourse, me voici rue des Filles-Saint-Thomas. Où je retrouve mon Bonaparte, et le retrouve en quel instant ! Me revoici au 10 vendémiaire an IV, qui est en français le 2 octobre 1795 : à la même heure de ce jour, le comte d'Artois débarque à l'île d'Yeu, et la section Le Peletier lance un appel adopté par 32 sections sur 48. Quel tour de cadran depuis le 5 octobre 89 (qui tombait également un jour de Youm Kippour) !

Quarante-huit heures après, le 12, les 10.000 hommes du général Menou rebroussent devant la section Le Peletier, et se replient sur les Tuileries, où la Convention grelotte de peur. A ce moment, il est 10 heures du soir, Bonaparte, maigre, pâle, livide, famélique en sa longue redingote râpée, sous un chapeau trop large, quitte le Théâtre Feydeau, où l'a introduit un billet de faveur. Il regagne, rue des Fossés-Montmartre, sa chétive chambre du misérable hôtel de la Liberté. Voilà qu'il passe rue Vivienne : il assiste à toute la tragi-comédie, emboîte les troupes de Menou ramenées en tohu-bohu aux Tuileries entre, comme dans un moulin, au Comité du Salut Public. Il est 11 heures du soir, minuit... Menou est destitué, le petit Corse se propose, on l'accepte : qui prendre... ? Puis n'est-il pas F∴ M∴ ? Et voici le 13 vendémiaire qui commence, et s'achève sur les marches de Saint-Roch rouges de sang français.

Et, si Bonaparte, ce soir anniversaire du 6 octobre, avait pris un autre chemin pour regagner sa soupente ?

O Paris, que de sang et que d'histoire, et de roman, sous la moindre de tes pierres !

POSTILLONNERIE

Tout en haut de notre vieille rue Saint-Martin, presque là où la vient clore, triomphal, l'enjambement de l'Arc de Louis XIV : soit vis-à-vis la chaude rue Blondel, un peu au-dessous des rues Sainte-Apolline et Meslay, au n° 322, siéent la boutique de droguiste « fondée en 1774 », puis la pharmacie Decharambure « fondée en 1762 ». Entre elles, le cul-de-sac de la Planchette, fissure entre les hautes maisons noires, courettes envahies de caisses et colis : bureaux de messageries pour chemins de fer. Au fond, une porte monumentale, dans un infini mur noir, reste d'un hôtel du temps du grand roi, s'ouvre sur d'autres cours encore.

La maison d'après, le 326, fut, jusqu'en des

temps récents, l'illustre auberge du *Plat-d'Etain*, où s'étanchaient postillons et rouliers.

Car ce guichet, qui porte : *Est-Nord-Orléans*, demeure le souvenir suprême du bureau des diligences partant chaque jour de là *vers les mêmes directions* : Champagne, Bourgogne, Allemagne, Franche-Comté.

De là, le 8 floréal an IV (en français, 27 avril 1796) un courrier s'ébranla, qui emporta six millions (oh, d'assignats !) destinés à la solde de l'armée d'Italie. A la même heure, quatre « citoyens actifs », comme on disait alors : Courriol, Vidal, Roussy et Paulin-Ménier (je veux dire : Dubosq), déjeûnaient, l'attendant au passage, en l'auberge de *La Chasse*, à Montgeron, à l'orée de la forêt de Sénart, sur la route de Lyon. Pendant ce temps soufflaient à l'écurie leurs chevaux, fournis par Bernard, le juif de la rue Croix des Petits-Champs.

Et à la même heure, « l'infortuné Lesurques » flânait rue Montorgueil, flânerie qui lui coûta la tête et lui valut l'immortalité. (Je dois avouer tout bas que le rôle de Lesurques m'a toujours paru un peu obscur.) .

Et là, le soir de Noël de 1823, un vieillard en redingote jaune (« couleur qui n'avait rien de bizarre à cette époque ») vint aborder mystérieusement le coucou qui faisait le service de Lagny. L'homme demanda :

— Avez-vous une place ?

— Une seule, à côté de moi, sur le siège, dit le cocher.

— Je la prends.

— Montez.

Le vieillard à redingote jaune était Victor Hugo allant retirer Cosette d'entre les griffes des Thénardier, pour accomplir la promesse faite à Fantine moribonde : selon qu'il est expliqué dans *Les Misérables*, de Jean Valjean, sympathique forçat.

ÉRUDITION

Persistance, obsession des impressions populaires ! En vérité une expression comporte presque toujours non pas une, mais plusieurs sources, dont elle représente le confluent. En vérité aussi, confirme M. de La Palisse, M. Tout-le-Monde, avec plus d'esprit que M. de Voltaire, montre davantage de subtilité que tout un Conseil municipal !

La romaine *Via inferior* devint *Via inferna*, puis, tout naturellement, rue *d'Enfer*. Car là s'enfournait la gueule torse des Catacombes, à travers un sinistre petit bois : exactement ainsi que l'Enfer de Dante !... Dans *Salvator*, suite des *Mohicans de Paris*, comme chacun sait, mon bon maître Alexandre Dumas a griffonné une description, romantique en diable (diable est le mot indiqué) de ce seuil redoutable, tel qu'il subsistait en 1827. Là, nous enseigne-t-il — *ad augusta per angusta* — s'engouffraient les carbonari pour conspirer *contre don Carlos*, je veux dire : contre Charles X.

Ce bois, le plus funeste et le moins fréquenté,

s'effaça, éventré par les voies, aplati sous les bâtisses, étranglé entre des murs. Notre joyeux Conseil municipal, au prix d'un calembour patriotique (c'était bien porté, alors) rebaptisa la *Via inferna* en rue *Denfert...Rochereau*. Mais, nous-même avons vu, ouï, nos charretiers prononcer, écrire le nom, — songeant à la malice diabolique de son pavé : rue de *l'Enfer-aux-chevaux* (sic).

N'est-ce pas admirable ? A rapprocher : c'est dans le même canton — du diable Vauvert, la Tombe-Issoire, le fief des Tombes, et de l'homonymie entre les Gobelins, artisans fameux, et les « Gobelins », espèces de farfadets industrieux, etc., (et révélons que le farfadet angélique, auteur de *l'Atlantide* et de *Pour don Carlos* : *Petrus Benedictus* enfin, a son antre rue d'Enfer, mais nous ne découvrirons pas sous quel numéro).

— *Ad augusta per angusta*. Un vieil habitant du quartier placé sous l'invocation de Notre-Dame de Bonne-Nouvelle, nous assura que la rue de Cléry doit son nom, non pas à l'hôtel dont subsiste le portail magnifique, mais à Cléry, le valet de chambre de Louis XVI. Pourquoi ? Parce que, de sa maison d'encoignure avec la rue Beauregard, le fidèle serviteur adressa un suprême *regard* à son maître roulant vers le ciel. Or, c'est de ce lieu même, que, ce même sinistre 21 janvier, l'énigmatique baron de Batz, d'Artagnan machiavélique, s'était posté avec ses fidèles pour tenter la délivrance du roi. Tel son ancêtre, l'autre d'Artagnan pour Charles d'Angleterre, toujours selon mon maître Alexandre Dumas.

(La rue de *L'abbé-de-l'Epée* devient pour le populaire, rue de *La-Belle-Epée*... quant à la rue de *La Femme-sans-Tête*, transmuée vainement en rue *Le Regrattier*, je lui restitue son nom honorable : rue de *La République*.)

Qui plus est, André Chénier lui-même, vers ce même temps, en cette maison presque banlieusarde alors, s'alla réfugier. Et le bistrot qui présentement opère au rez-de-chaussée, se référant à la plaque commémorative, a donné pour enseigne à son officine candidement peinturlurée de rouge sang : *Au Poète de 93*. Le chantre des *Iambes* se mêle pour lui aux bonshommes de la *Carmagnole* et *Ça ira* : et, qui sait ? de *l'Internationale !*

Moi, André Chénier ne me fait songer qu'à Saint-Lazare... mais ceci est une autre histoire, et qui viendra une autre fois, oui, Madame.

LOGE A PIED ET A CHEVAL

Tout s'enchaîne et tout se prédestine ! Lorsque M. Sarret vit à bas son auberge historique de la rue Mazet, il acquit incontinent, rue Montorgueil, la non moins historique *Auberge du Compas d'Or*. Quand, avant-guerre, je prétendais décarêmer, je me transportais en cette même illustre rue, chez l'illustre Jouanne, contre la rue Tiquetonne en le nom de qui tonne et tinte un tonnerre de tonneaux. Je m'attablais devant la plâtrée de tripes fumantes et le vaste carafon de cidre pointu. Puis, le « calvados » final siroté, m'en remontais jusques au *Compas d'Or* qui est en face de cette rue Mandar où Balzac logea d'autorité le journaliste Vernou, des *Illusions Perdues*.

Sur rue, rien de remarquable : séparées par trois vieilles boutiques sans intérêt (sauf que conservant sur leurs « lîtres » ces bas-reliefs en bois : chasseurs transportant un cerf, pêcheurs chargés de poissons, une vendeuse de fruits, un autre chasseur venant d'abattre un sanglier, un autre enfermant dans son carnier un lièvre — tous vêtus comme sous Henri IV), s'ouvrent deux portes cochères, pour l'entrée, pour la sortie. Je présume les trois boutiques intruses occuper la place de la grand'salle primitive de l'auberge ;

une pourtant me donne envie de rire à la fois
et de pleurer par son enseigne : *A la Gaîne* D'OR
— Glatigny coutelier. (Glatigny !)

Mais ce qui dilate mon cœur est la vaste cour,
là derrière encaissée entre des maisons noires
datant de Louis XIII et d'avant. Sa presque
toute profondeur, un édifice de charpente l'emplit :
rien plus qu'un hangar, ou remise ; rien qu'un
comble carrément triangulaire, assis par ses trois
plans successifs d'arbalétriers, sur trois fois deux
pilastres trapus. Leur convergente montée, ren-
forcée de moises, jambettes, et (sous le faîte)
contre-fiches, ne s'appuie point sur l'entrait
(l'entrait ou tirant, cette maîtresse-poutre hori-
zontale qui, dans les charpentes, s'enclave dans
le pied de chaque arbalétrier, les joint, les retient,
les tire à elle), non, par suite, sur le poinçon,
poutre verticale qui joint le milieu de l'entrait
au sommet du triangle des arbalétriers : ainsi
que cela a lieu dans les fermes ordinaires. Elle
s'appuie, cette poutre-maîtresse, sur deux cintres
parallèles composés chacun d'une suite de pou-
trelles indissolublement unies : deux cintres
unis par une suite de croix de Saint-André.
Ce merveilleux dispositif a une date : Philibert
de l'Orme l'inventa ; il le décrit dans son *Traité
d'Architecture* publié en 1561, et le désigne « une
belle invention pour bien bâtir à petit frais ».
Elle permet surtout, comme nos modernes fermes
métalliques, de lancer les plus vastes combles sans

encombrer de charpente l'espace. Enfin, la puissance et la légèreté qu'elle assure se résolvent pour l'œil en un enchantement : c'est simple comme un théorème, harmonieux comme un beau sonnet.

Baïf ou Racan virent, probable, et Jodelle, échafauder ce maître bâtiment ; là festoyèrent-ils sans doute et pintèrent en bons poètes ; et Rotrou y prit la voiture qui l'amena mourir à Dreux, victime du devoir. Mais, plus ne descendent de messagers à l'*Hôtel du Compas d'Or*, et sa remise sublime n'abrite plus que les fourgons des messagers roulant vers Mantes ou Pontoise.

Et pour Jouanne et ses *Tripes à la Mode de Caen*, la guerre l'a tué, car sur la boutique j'ai lu le douloureux : Changement de Propriétaire.

ETIAM RUINAE

C'était curieuse chose que ce Cloître Saint-Honoré, contre le Palais-Royal assis. Maussade le jour, et lugubre la nuit. Un carré, un cube plutôt, de hautes vieilles maisons, enfermé entre les rues Saint-Honoré, Croix des Petits-Champs, Montesquieu et des Bons-Enfants : laquelle replonge dans la rue Saint-Honoré. D'obscures tranchées rectilignes, partie à ciel ouvert, partie couvertes, et des cours, recoupaient le massif de

pierre en d'autres cubes l'un en l'autre s'encla-
vant : passage d'Athènes (du nom d'un antique
hôtel meublé), passage de la Pompe, passage des
Marchands, annexe, et suprême vestige du crapuleux et fastueux dédale tant décrit par Balzac et
les historiens de nos révolutions. Maussade le
jour : sombres bâtisses de sept étages et plus,
camardes et sans style, délavées par les pluies de
deux siècles, encrassées par leurs suies et leurs
fanges, et leurs sanies. Lugubre la nuit, affron-
tant le resplendissant flamboi des Magasins
du Louvre.

Les mille petites fenêtres clignotantes sem-
blaient s'en effarer, comme éblouies encore par
les fantasmagories qui sous elles défilèrent :
trombes vomies par le Palais-Cardinal, Palais-
Royal, Palais-Egalité... la Fronde, le Régent,
les Voyous de 89, les charretées de 93 cavalcadant
vers la guillotine ; les joueurs des tripots et les
hétaïres, les muscadins, les ci-devant, les demi-
soldes, les vociférateurs de 1830 et ceux de 1848...
Et je rencontrai là un soir, abrité de l'averse sous
un porche, Jean Moréas, dont le profil de faucon
noir, royalement braqué vers la nue, guettait au
passage un omnibus sauveur.

Puis j'ai suivi, chaque matin, tout cela qu'on
démolissait. Eventrement lamentable et tragique.
Pans de murs, gigantesques chicots se haussant en
titubant jusqu'au ciel gris, arrachements géométriques d'escaliers, trous béants, cavernes, mon-

tagnes après l'explosion d'une mine, amas de moëllons, claquements de tentures et de papiers peints, alcôves violées, plâtre, charbon, poussière, corridors dépecés — et, au milieu, stupéfiées de retrouver la lumière à l'instant d'y périr, les baies ogives, suspendues dans le vide, de l'antique église Saint-Honoré !

CARREFOUR BUCI

« Dans une rue étroite au cœur du vieux Paris », dans une de ces « dégustations » où l'on boit debout, devant les tonneaux, des charretiers avalent en passant un solide verre « d'aramon ».

— J'ai dîné là avec Alfred Jarry.

Le patron, natif de Libourne, exaltant le muscadet girondin, un Auvergnat proteste au nom des crûs de son terroir ; sur quoi un maçon limousin réclame à son tour avec véhémence. Mais se voit tôt rabroué par son copain. — « Tu n'es pas un vrai Limouzi, toi, tu es un Marchois : tu es de Guéret ! — Eh bien, Guéret, c'est du moins une sous-préfecture ! — Oui, un beau trou, intervient la patronne : moi aussi, je suis Marchoise, et avec gloire et honneur, car je suis de La Sou-

terraine, cela a 5.000 habitants, et quels marchés !
et un vin qui vaut tous les autres ! Guéret, c’est
grand juste comme la place de la Concorde, avec
pour boisson la fontaine qui est au milieu de la
ville, pour les bestiaux et pour les gens ! (etc...) »
Et qui prétend qu’expire l’amour du clocher natal ?
Rien que nos vins suffiraient à l’entretenir, si tari
le sang des braves qui s’allaient faire tuer chacun au nom de sa province !

TINTEZ, GRELOTS DE LA FOLIE

... Sortant de Notre-Dame, à la Morgue je
descendis. Descendis, je le répète, bien qu’égal le
pavé s’y poursuive : en conformité de l’émoi de nos
pères, approchant de l’aile des anges l’Hôtel-Dieu
pour toutes les misères du corps, la Morgue, où se
délivrent les misères de la vie. La Morgue,
jadis au Marché-Pallu, sous le Petit-Pont, avant
de gésir au chevet de la Cathédrale ; la Morgue,
reléguée je ne sais où, laïcisée en *Dépositoire*,
Institut médico-légal : que sais-je ? Savoir qu’on
mourra du moins sous Ses yeux, ou reposera,
un instant du moins, à Ses pieds ! La Morgue
moderne ressemble au Mont-de-Piété, au Mont-
de-Piété moderne : laïcisé en *Crédit Municipal* !
Sur les bascules glacées, deux corps d’hommes
mijotaient à froid. Ce n’était pas sinistre et

n'était pas répugnant : deux ouvriers à qui un trou rouge-noir crevassait le front. Quelque chose de tel que du vieux parchemin ou de la cire jaune ; les yeux avaient disparu ; les dents riaient. C'était triste, voilà tout, et peut-être un peu grotesque : la mort subite ennoblit rarement la face humaine. Le curieux est que toutes deux portaient même expression ou plutôt même néant d'expression : du rien, du vent gelé, épousant d'une sorte vaguement caricaturale l'extérieur de ce que nous nommons la vie.

Le soir — ayant un peu bu, non trop, ce qu'il faut, juste : me trouvant dans ce que Jean Dolent qualifiait *l'état mixte*, je fus à la fête foraine, boulevard de la Villette. Ensemble assez crapuleux, spectacle connu :

Et dévorais, parmi le fifre et le clairon,
Ces ouragans de bruit qui rendaient fou Néron,

puis du silence, selon les flaques d'aveuglante lumière des baraques riches et les flaques d'ombre des trouées sans baraques — avec entre, tel le ronron remuant de la foule — les traînées de lumière blafarde : les baraques pauvres. Une très riche embouchait un monumental orgue-orchestre de Gavioli, repétrissant à une allure de vertige des valses lentes fracassées de coups de cymbales. Au fronton, un automate imageait, battant la mesure, une femme travestie.

Son bâton s'amplifiait d'une lampe électrique, et le geste spasmodiquement régulier levait et abaissait la lampe, l'abaissait au niveau précis du sexe, voilé d'une impénétrable draperie. Incontinent m'apparut Isis-Aphrodite dont nul ne viole le secret (en a-t-elle un ?)

> A tous offerte nudité
> Dont nul n'a soulevé les voiles,
> Compatissante cruauté,
> Oscillatoire vérité...
> ... Et pastourelle des étoiles,

et puis soudain, devant la face muette et l'obscénité chronométrée, songeai aux faces de cire et parchemin raidi de tout à l'heure à la Morgue. Ma route se poursuivant, immédiatement après parut un jeu de balançoires, oh, balançoires modernes, où portique et nacelles, tout est métal, et les chaînes mêmes de suspension. Cela allait et venait — avec des enfants dans les nacelles — du même mouvement haletant et régulier, spasmodiquement machinal, qui faisait à l'Isis de bois promener une lampe devant son ventre voilé. Une des balançoires en passant me frôla. Je sentis le vent de la mort, en sa réalité ! Un peu outre, virait un carrousel mécanique, un carrousel de vélocipèdes. Chétive féerie, quinquets lugubres, orgue démodé, misérables oripeaux. Des pancartes se balançant portaient : 5 centimes les enfants. De fait, rien que de petits enfants, et guère, sur les selles de cuir. Au centre, un Paillasse, drapé d'une espèce de grand drap rouge, le visage tout barbouillé de rouge et de blanc ; sur la tête, une perruque de filasse jaune et un débris de chapeau de femme, rouge, cabriolait mornement. L'allure bientôt s'accélérant, le Paillasse bondit sur l'une des selles, tout debout ! La haute apparition rouge tourna en avant de la cavalcade des tout petits hommes courbés âprement sur les cycles ; elle tournait, la criarde et blafarde face de plâtre telle qu'un masque, et le vent si fort envolait le grand drap rouge, qu'il semblait que dessous il n'y eût rien. Alors, je reconnus la face du Paillasse : c'était celle même des deux cadavres de tantôt, c'était la Mort elle-même, immense, blafarde et rouge, menant dans la ronde de la folie, toute l'humanité emportée dans son sillage sans commencement ni fin. Oh, la Danse Macabre ! O Seigneur, ayez pitié de nous !

SAUVE QUI PEUT

Du 12 au 20 juin. — Dans les gazettes alternent des vers illustrement navrants de Rostand le fils, et commentaires à plat ventre, avec le palmarès copieux des derniers prix littéraires : 500 fr., 500 fr., 1.000 fr., 500 fr., 2.000 fr., 10.000 fr., et l'annonce du banquet offert à tel lauréat. (A propos, pourquoi n'est-ce pas le lauréat qui offre le banquet ?). Et entre temps, d'avares échos relatent : qu'on a repêché dans la Marne le corps du poète Léon Deubel ; qu'on lui trouva juste six sous en poche ; que son père l'avait récemment mis à la porte ; qu'il était doué d'ailleurs d'un talent incontesté ; que naguère il retapa pour 60 francs l'un des manuscrits qui viennent d'être couronnés. *Amant alterna Camœnœ.*

21 juin. — Deux heures viennent de sonner chez les anges du clocher de Notre-Dame. Contre la porte basse de la Morgue s'est rangé le corbillard des indigents : comme pour le vieux... millionnaire Victor Hugo. Les nuées de ce sombre après-midi s'accrochent aux gargouilles de la cathédrale, comme près de crever en eau, et l'eau du fleuve, à droite, à gauche, derrière, cerne en fuyant l'île de la Cité. Oh, catafalque tel qu'il te le fallait !

Presqu'aucun journal n'ayant pris souci d'annoncer l'heure des obsèques, l'assistance est peu nombreuse, et aucun notable ne semble s'être dérangé. Les fidèles réunis ici, bien que la majorité soit de jeunes, suggèrent l'impression d'antiques employés d'administration, ayant abdiqué toute coquetterie, et décolorés par un long séjour dans les bureaux. Point cet étalement de la personne, cette ostentation du verbe, cette piaffe

LOUVRE, LOUVRE DES VALOIS !

C'est dimanche, je traverse ce Louvre par la cour de François 1er. Monterai-je ? oui ? Non ; je n'y serais plus chez moi, ce jourd'hui surtout. Du populaire s'accumule à la porte de l'escalier Henri II. Raison de plus : ces braves gens s'en vont essuyer leurs yeux après ce qui demeure de l'incestueuse fille à Léonard de Vinci. Moi, c'est fini.

Cette effigie avait cela d'unique, que jusqu'ici, chacun de ses amoureux s'en persuadait l'unique amant. Jean Dolent écrivit là-dessus une bien jolie page :

J'ai vu longtemps au Louvre un vieux monsieur qui copiait *la Joconde...*

... Il resta une fois plus de trois mois sans paraître au Louvre. Il revint, mais affaibli, cassé, éteint, et ainsi se remit au travail, et chaque jour il reprit des forces et de la mine. Il était heureux. Puis un jour il ne parut pas, ni le lendemain, ni de tout le mois, ni jamais depuis lors ; les jeunes demoiselles du Louvre dirent du vieux monsieur : Il est infidèle.

Mort, peut-être, non infidèle...

Quand la déroba un obscur galapiat transalpin, je ressentis l'impression d'un deuil d'abord, mais aussi d'une brûlure, une souillure, un viol.

C'est vraiment alors qu'elle tomba, non : qu'elle chut, dans le domaine public ; et j'ai compris tout ce qu'emporte d'infamant ce mot. Elle se revancha en quelque sorte (Léonard n'est-il pas un des surnoms du Diable ?) car le pauvre Dujardin-Beaumetz est bien mort de cela. Solon parlait en sage, le jour où il prédit à Crésus qu'il est téméraire de déclarer heureux un mortel en vie : sa vie, à Dujardin-Beaumetz, s'était faite aussi souriante qu'au roi des Lydiens, ou à Polycrate, tyran de Samos. C'était d'ailleurs un brave homme, et, rare oiseau ! se connaissant tout de même aux matières de l'art, puisque peintre en somme honorable de troisième ou quatrième ordre, et ne l'ignorant pas. Il favorisa plusieurs artistes méritoires, sans — chose bien plus rare encore — prendre égard à leurs opinions politiques, lui que la politique avait hissé au sous-secrétariat : je le vis visiter l'atelier de Jean Baffier ; il loua congrûment les sculptures, sut ne pas apercevoir la maquette de la fameuse médaille offerte au général Mercier par les patriotes français, et que Baffier avait eu la crânerie de ne point dissimuler, puis finalement acquit au nom de l'Etat un superbe Saint-Jean-Baptiste.

Vint la catastrophe, et son existence soudain empoisonnée ; il tomba instantanément la proie des journalistes, hommes politiques, revuistes, chansonniers, et jusque des aviateurs. Le cinéma du moins y apporta de l'esprit. Il montrait d'abord le sous-ministre, couché, chastement casqué du bonnet de coton ; on le réveille, on lui annonce en tremblant l'affreuse nouvelle. Le voilà qui s'habille à la hâte, galope au Louvre. Le petit Lépine y instrumente déjà, pérore et gesticule rageusement. On fouille partout, en vain, cependant que Dujardin-Beaumetz achève de s'ajuster, si fébrilement qu'en sautent jusques à ses boutons de bottine ! Rien ! impuissance et désolation ! Loufoq-Holmès, génial-détective, a été mandé : le voici, pipe au bec. Il dévisage d'un œil soupçonneux les autorités, mesure, toise, ausculte le carré de muraille, vide hélas, fait ballader sa loupe, fouille parmi la poussière, ramassant, rejetant, gardant les petits riens traînant dans les coins. Enfin il se relève, triomphant, mystérieux, dédaigneux, et sort, pipe au bec. Puis, le voici, qui camouflé en décrotteur de chaussures, s'installe sur le quai, accommodant, mi de gré mi de force, tous les pieds qui circulent sur le pont des Arts (et il en circule beaucoup). Tout à coup, il bondit au collet d'un de ses clients involontaires : et c'était (bien entendu) l'infortuné Dujardin-Beaumetz ; le subtil détective avait ramassé son bouton de bottine dans le Salon Carré ! Et donc nous revoilà dans ce même Salon Carré, que viennent d'abandonner Lépine, les autres autorités... et Dujardin-Beaumetz, mais lui, cabriolet aux poignets, et flanqué de deux sergents de ville. Un vieux monsieur arrive, tranquillement, qui sous son bras porte un tableau ; il hèle un gardien, l'envoie quérir le préfet de police, et dans l'intervalle, accroche son tableau (vous l'avez deviné, c'est *la Joconde* : on ne peut rien vous cacher !) mais emporte le tableau d'à côté : et part, toujours tranquillement, laissant en évidence un papier, où les autorités accourues en tumulte peuvent lire avec stupeur :

— Monsieur le Préfet de Police, excusez-moi, mais je suis un peu myope : c'est la Vierge de Raphaël que je désirais.

L'imagination peu à peu germa, nourrie avec une complaisance endolorie et consolatrice, que, détruite ou séquestrée par quelque amoureux frénétique, « Elle » nous serait désormais la plus séduisante des mortes, auréolée par la grâce suprême de l'irréparable. On la situait en quelque manière de Saint-Denis, cendre parmi les cendres de François Ier qui la conquit à son premier époux, et de Louis XIV qui s'en faisait suivre en ses voyages. Et elle paraissait ainsi obéir à la fatalité commune aux œuvres de Léonard : la *Bataille d'Anghiari* (ce tournoi contre Michel-Ange) disparue, la *Cène* du couvent des Grâces rendue illisible, la statue de Ludovic pulvérisée, etc., hélas !

Le soir du 13 décembre 1913 s'ébruita la nouvelle de la retrouvaille — 13 décembre, jour de Sainte-Luce (Luce, lumière :

A partir de la Sainte-Luce
Les jours croissent d'un saut de puce).

Le lendemain, jour de la Saint-Jocond, elle devenait officielle, et le 30, jour de la Saint-Léonard, elle roulait de Milan vers Paris.

Mais le charme était rompu. Comment s'aller baigner encore dans le dès lors trop fameux sourire ? celle qu'on pouvait naguère nommer *inviolata et integra*, ne reviendrait plus qu'en Fiancée du Roi de Garbe : et de la Légende dorée de l'art tombait aux contes rigouillards.

Elle avait en chemin rencontré don Quichotte :

et le prétendit donc séduire :

Je suis Monna Lisa qu'on nomme la Joconde,
Nulle femme ne fut aussi belle que moi :
Suspends, vieux paladin, tes courses par le monde,
Celle que tu cherchais vient se donner à toi...

Mais le Chevalier de la Triste Figure répondit, déployant un large vélin : — La plus belle des femmes, elle est ici, où moi seul sais la voir. Or la feuille était absolument vierge, elle. Don Quichotte avait décidément raison. Et combien ! car, comme Monna Lisa se revoilait avec dépit,

Sancho Pança ricana à son maître : — Avez-vous remarqué que cette impudique

A la poitrine plate et louche des deux yeux ?

Héheu ! tant de Sanchos Panças l'ont en tous lieux dévisagée, et en quels lieux, la malheureuse, que j'éprouve la terreur qu'ils aient fini par se donner raison : elle louche, à présent !
... Allons, je ne la verrai plus, soupirai-je le 10 janvier suivant : on *l'*a ôtée du Louvre. Expliquons-nous : du *Louvre, magasin de nouveautés,* lequel avait exhibé pour la période du jour de l'an une Joconde... en cire, et que j'allais contempler chaque soir, en place de l'autre. Oui. Fort adroitement fac-similée (ce n'est donc pas si difficile !), à part les mains qu'il faut avouer ratées : je ne les regardais pas. Mais l'illustre sourire (ah, et l'incarnat des joues, ravissement de Vasari, enfin ressuscité !) y était, plus réussi que sur l'original, du moins me prenais-je à me le figurer, et l'illusion m'en apparaissait douce. Au fond j'en devenais lentement et fort réellement amoureux. Qu'est-elle devenue ? De la chandelle j'espère : mais, détruite pour tous, subsiste intégral, en moi, son souvenir,

Tel qu'en lui-même enfin l'éternité le change.

Eh, que m'importe l'autre, planche usée, craquelée, noircie, décolorée, polluée ? Oui, don Quichotte avait raison ; don Quichotte a toujours raison.

Je passe le guichet ; me voici sur le quai, sous une fenêtre à balcon orfévri. Une maman la désigne du doigt à sa fillette. Nul besoin d'écouter, je connais à l'avance ce que maman raconte : — Vois-tu mon enfant, c'est par là que le jour de la Saint-Barthélemy, Charles IX a tiré sur son peuple !!! Bravo, citoyenne ! encore une qui a appris l'histoire (y compris celle des bâtiments du Louvre) dans Alexandre Dumas et Michelet. Non, décidément, nous n'entrerons pas. Mais me vais réciter, or vire-voltant vers la statue de cette vieille canaille de Coligny — le frontispice, découpé précisément dans la délicieuse pièce qu'adressait à son ami Ronsard, le monarque qui nous promettait l'un des plus nobles poètes de son temps, s'il n'était mort à l'âge où naquit aux lettres Chabaneix

> ... L'art de faire des vers, dût-on s'en indigner,
> Doit être à plus haut prix que celui de régner.
> Tous deux également nous portons des couronnes ;
> Mais, roi, je la reçus ; poète, tu la donnes.
> Ton esprit enflammé d'une céleste ardeur,
> Eclate par soi-même, et moi, par ma grandeur.
> Si du côté des dieux je cherche l'avantage,
> Ronsard est leur mignon et je suis leur image.
> Ta lyre, qui ravit par de si doux accords,
> Te soumet les esprits, dont je n'ai que les corps ;
> Elle t'en rend le maître, et te fait introduire
> Où le plus fier tyran n'a jamais eu d'empire ;
> Elle annoblit les cœurs et soumet la beauté :
> Je puis donner la mort, toi, l'immortalité.

(En vain, contre l'apparence, un Longnon m'assurera-t-il ces vers issir de la veine à Ronsard lui-même (ces pauvres érudits !). Un poète ne s'y trompe point : ce n'est pas du Ronsard, et que c'est mieux !)

Son grand-père François Ier a peut-être dit tout pareil au peintre de la *Joconde* : il témoigna qu'il le pensait.

Quelles riches natures tout de même ces Valois !

MÉNAGERIE FANTOME

— L'autre soir, rue du Temple, spectacle relativement assez rare à Paris, un passant à casquette de loutre, menait un renard promener. Le menu fauve onduleux, nez au sol, trottait obstinément, presque reptile, au fond du géométrique ravin que le trottoir découpait.

Son museau pointu flairait le pavé sec, son panache de queue se brandissait ; il tirait sur sa chaîne d'acier : au carrefour il se redressa net, renifla l'air libre et la nuit, voulut bondir, se résigna, presque tragiquement.

Et l'onduleuse petite chose fauve, puis la gigantesque ombre humaine, s'évanouirent.

— Depuis quelques soirs, à certain carrefour perdu d'un boulevard de faubourg, me sollicitaient les va-et-vient d'une fille galante. D'accoutumée, celles-ci quêtent à plusieurs, effiloquant de bavardages, querelles, escales furtives chez le bistrot, l'interminable trame de leurs factions. Celle-là, toujours solitaire, trottinait de long en large, comme reléguée ou réfugiée dans une sombre presqu'île où jamais les autres ne hantaient. Petite, menue, humble, quémandant d'une voix presque indistincte ; peut-être trente ans, peut-être moins : on ne sait jamais avec elles !

Elle ne vêtait point l'uniforme commun à toutes ; nippée telle qu'une petite bourgeoise, un boa convenable autour du cou, sur la tête une toque, et... pas de parapluie !

Les premières fois, je crus démêler, dans le jet d'ombre et lumière du bec à gaz de l'encoignure voisine, une silhouette d'homme paraissant surveiller, apparence d'athlète, allure serpentine.

Puis, ne les revis plus.

Et cette nuit de cristal, je la croisai, elle, dans la rue déserte et sans fin qui descend de ce boulevard. Elle se hâtait, hâtait, frôlant la muraille sans boutiques ni fenêtres ; au passage, ralentissant une seconde, elle m'adressa une œillade, œillade étrange ; étrange par la disparate du geste simultané ; la main, et un hochement

de tête, signifièrent : « Viens-tu ? » et le regard
était une prière, une imploration de ne pas
acquiescer. Je passai. Vingt pas plus haut, me
croisa un lourd gaillard, tricot et pantalon fauves,
et qui me jeta d'une voix basse : « Y a là une
petite dame, vous savez ? » Je poursuivis ma
route ; mais, autour de l'ombre menue, j'apercevais danser le fantôme qui sillonne toute
l'œuvre de Hugo : domino noir d'Hernani, homme
à la hache de Marie Tudor, homme masqué
de Ruy-Blas, moine bourru de Notre-Dame
de Paris :

Derrière le captif marche sans qu'il le voie,
Un homme qui tient haute une épée à deux mains.

— Boulevard de la Villette, une baraque,
misérable entre-sort, à travers des quinquets
fumeux exhibe un monstrueux rat, capturé
dans les catacombes. En guide de parade, un
banquiste crasseux et rauque houspille un petit
singe phtisique, cramponné au faîte d'une échelle
double. La bête-homme, qu'engonce une bras-
sière d'enfant en laine rouge affreusement dégue-
nillée, coiffe un jadis rouge képi de lignard,
se pelotonne, espèce de paquet de chiffons trem-
blotant de fièvre, d'où sortent deux yeux luisants quoique vitreux. L'homme lui étrangle
le col d'une serviette, serrant fort afin de soutirer

une grimace ; il lui frotte la face de blanc d'Es-
pagne, la râcle avec un caricatural rasoir en bois,
il lui enfonce le coin de la lame dans une narine,
puis dans l'autre, puis la lui fait lécher.

Un laitier, un marchand de bestiaux, des
ouvriers, des ouvrières, des apprentis mâles
et femelles, quelques soldats et pompiers, et de
la marmaille en masse, se tord de rire, se tord,
se tord.

Il pleut.

— Belleville, huit heures du soir : il pleut.
Au pied de la rue des Rigoles, une rue morte et
noire qui monte sans qu'on en devine la fin.
Une jeune femme du peuple, courtaude, sanglote,
appuyée contre la muraille, la figure entre les
mains. Sa robe est roide de boue, sa tignasse
dépeignée. Rien de douloureux comme une
femme qui pleure. Quatre ou cinq enfants contemplent. Deux femmes aussi, une vieille, une
jeune. Une autre survient : « Dire qu'elle est
là depuis six heures et demie ! » Elle veut
l'emmener ; la créature résiste, bredouille elle
ne sait quoi, expose enfin à la face du gaz un
visage congestionné, souillé de larmes, et de
cheveux, prunelles hébétées. Les deux regar-
dantes s'esclaffent : de la vieille le nez pointu
s'allonge ; de la jeune, le rire distend la face
grasse, creuse des rides, agrandit la bouche :

ces deux qui rigolent, cette autre qui sanglote, spectacle hideux.

Un jeune ouvrier, cotte et casquette, descend d'un rassemblement qu'on remarque alors un peu plus haut, saisit par le bras l'éplorée ; elle résiste : il la traîne, elle s'accroche en titubant. — Hou, la boscotte ! clament les enfants, puis d'autres accourus.

Les voici devant une porte ; lui, la veut contraindre d'entrer, elle, se débat, il cogne dessus, pan ! pan ! « Assassin ! » vagit-elle. Un gnon plus raide l'abat, sa face fait flac sur le trottoir, et elle demeure sans mouvement.

Des femmes poussent un cri. « Oui, c'est ça : elle est morte, » persifle l'ouvrier. Elle se relève net, chavire, se redresse : « Vache ! » hurle-t-elle avec furie, et se précipite sur lui, cherche à lui crever les yeux ; il la repousse rudement, elle s'affale de son long, se relève, s'assied sur le bord du trottoir. Lui : « Ah ! des noix, des noix ! elle est morte, que je vous disais » et, s'adressant à l'assistance toute réjouie : « C'est malheureux tout de même, quand on rentre de gratter (travailler), trouver les deux sœurs saoûles comme des gadoues et pas pouvoir rentrer chez soi ! »

Je monte jusqu'au second rassemblement : il entoure une autre femme, nu-tête, échevelée, face tuméfiée, yeux clos, allongée sur le pavé, et qu'un homme s'exténue à soulever par les épaules. L'entourage rigole et je distingue une écume moussant entre les lèvres. « Depuis cet après-midi, conte une jeune fille, elles roulent toutes les deux tous les bars du quartier ! »

Pendant ce temps, la première femme, sur le trottoir d'en face cette fois, défend une porte, et vomit à l'ouvrier : « Non, tu ne rentreras pas ! et puis, tu sais, la chambre que tu as louée... je sais... j'ai pris mes informations... en face l'impasse du Progrès... eh bien... tu n'y rentreras pas non plus, toi et ta petite saleté ! » Quelqu'un, que je n'aperçois pas, l'entraîne par derrière, elle disparaît dans l'allée obscure, et soudain, à sa suite, s'engouffre l'autre femme, titubant, puis l'ouvrier. Un grouillement d'êtres bouche l'entrée : « Ah là là ! les deux sœurs et les deux beaux-frères : tableau !! glapit un gamin. — Et le gosse, dans tout ça », s'apitoie la crêmière d'à côté, hasardée sur le seuil de sa boutique ? Deux petites ouvrières, dans un rire : « Ah, du coup, si jamais je me marie : ah, chaleur ! »

Cris, tumultes, dans le fond : « Ils vont se boulotter », hurle une nuée de gamins, garçons et filles, qui se roulent de bonheur ! « Vas-tu rentrer à la fin ? le souper attend, crie une commère à son mari. Et notre gosse, qu'en as-tu fait ? — Eh... zut, laisse-moi voir ! »

Les clameurs redoublent là-bas : ce devient de longs appels perçants, sans rien d'humain. Après des efforts, je réussis à passer la porte,

et, dans la courette, discerne enfin deux créatures,
allongées sur le dos, ivres-mortes, inertes. Une
pluie fine sur tout cela. Et voilà : je fus transporté à Londres.

— Ce même soir, un peu plus tard, Fortunio
s'égara dans une autre montueuse et sombre
rue bellevilloise. Un gigantesque chevalier à
casquette corrigeait « sa femme ». La griffe
gauche empoigne la crinière, tire : contraint
à demeurer face au ciel le visage, sur quoi le
poing droit s'abat méthodiquement, à temps
égaux, comme un marteau. Des filets de sang
suintent des narines, des lèvres, pêle-mêle aux
larmes et aux hoquets. C'est tout : pas une
plainte, soixante spectateurs aussi muets que la
suppliciée. Un pourtant, des derniers rangs :
« C'est malheureux d'arranger une femme comme
cela ! »
Sur quoi le justicier, sans lâcher la chevelure,
fait un pas, la traînant, et tout le corps à la suite,
sombrement gouailleur :
— Mossieu désire ?
Mossieu s'effondre dans la foule. Un hideux
« môme » — sept ans ? huit ? peut-être moins,
prononce avec autorité :
— Voilà ce qu'il faut aux femmes.
Fortunio s'écrie, indigné : « Vous n'avez donc
rien dans le ventre, lâches que vous êtes ? »

Il marche au voyou. Celui-ci interrompt son travail, recule, recule encore, puis s'élance sur Fortunio, couteau démasqué. Fortunio esquive le coup, recule à son tour, acculé à la muraille, sort de sa poche un revolver et abat le voyou au moment juste où il redoublait. La fille s'est relevée ; elle se traîne jusqu'au corps, attrape le couteau et, comme Fortunio galamment se penche pour la soutenir, le lui plonge dans le ventre jusqu'à la virole en hurlant : « Tiens, crève donc, assassin ! »

Et retombe, définitivement.

(Musique de Claude Terrasse).

Selon Maurice Mœterlinck et André
de Lorde.

Il est minuit, il est peut-être une heure,
Des galops lourds ont ébranlé la nuit ;

Le pavé sonne sous un roulement menaçant :
passage de chariots pesants, vibrements métalliques, caissons, pièces d'artillerie ?

Dors, mon mignon, dors bien jusqu'à l'aurore,
Je te dirai quand viendra l'ennemi.

— Pan ! pan ! pan ! Drelin ding : ouvrez !
(Que nous veut-on, mon Dieu ? va-t-on nous
fusiller ?)

Dans la nuit, des ombres chevalines fument,
des ombres humaines envahissent la maison.
Et les voici déjà dans l'escalier sonore...

(Dors, mon mignon, dors bien jusqu'à l'aurore)...

Les hommes (sont-ce vraiment des hommes ?)
transportent d'obscurs météores cylindriques :
sont-ce pas des canons ? seraient-ce des torpilles ?
Des falots et des torches errent dans la nuit.
Les fantômes cylindriques ne sont pas des canons :
de vastes et longs boyaux, qui se déplient et
se replient :

Dors, mon mignon, conserve clos tes yeux :
Je te dirai quand viendra l'ennemi.

Dans la cour, à coups de ciseau, à coups de
pioche, à coups de marteau, les hommes noirs,
sur des ordres brefs, achèvent de desceller une
fosse ! D'autres fourgons surviennent qui s'arrêtent : quels cadavres va-t-on ensevelir ? Des
formes dans la nuit s'agitent ; voici qu'une
pompe à vapeur

Bat, bat et bat, tout comme un cœur !
Un arome connu s'exhale dans la nuit...
Dors, mon mignon : il est minuit, une heure,
Dors, mon mignon, ce n'est pas l'ennemi,
    C'est nos frères inférieurs,
    Les humbles, les obscurs, les braves...
        VIDANGEURS !

... Mais Père Ubu et Mère Ubu, sous capelines
de sergents de ville, m'interrompent en duo :

> Pour ici rien ne laisser perdre,
> Mâchons, amis, mâchons le MOT !

RATÉS

Respectez ce frère aux yeux fous, triomphateurs !

— Oui, vainqueurs, l'Icare vaincu, héros raté,
Boîteux génie, astre sans fin en crépuscule,
Frère aux yeux fous, enthousiaste ridicule,
Respectez-le : jadis lui-même avez été,

Et demain et toujours, si grands vraiment vous êtes,
Prophètes ! et l'œuvre est son propre rêve .éteint
Et s'appelle la mort, et cette œuvre parfaite,
Vous passez, la laissant à son trouble destin,

Pour tenter vous plus haut d'autres destins, génies !
Quand le dieu Beethoven de ses neuf symphonies
Surmonta la neuvième, édifice si beau

Qu'un cœur doute à l'entendre ouïr œuvre mortelle,
Lui, son grand cœur battait vers une sœur plus belle,
Et c'était un raté que tu volas, tombeau !

Le vrai raté c'est l'ange arrivé sur la cime
Et qui s'arrête là, risible audacieux
Et regarde à ses pieds. Quoi ! et là-haut, les cieux,
Ixion éternel, homme, raté sublime ?

Cette explosion lyrique, pourquoi ? C'est que sous mes yeux une déchirure de journal tombe où la date subsiste : « 21 décembre 1893 », avec la signature, celle du bon Coppée, et d'où se détachent ces lignes :

... Je vois encore passer, dans la foule des boulevards, — qu'il y a longtemps ! — ce sec, triste et hautain vieillard, au profil d'aigle sous d'épais cheveux blancs, au chapeau fané, à la redingote de pauvre. Raté ! murmurait-on derrière lui. C'était Berlioz !

Là-dessus, j'imagine, non : je vois, ce fait divers (pas même) qui s'est certainement vécu, ou sinon, c'est à désespérer du Diable !

Le vieux Berlioz au Mont-de-Piété de son quartier (il n'est plus de Monts-de-Piété à présent, le progrès a supprimé ces vestiges des époques d'obscurantisme : il y a des *Etablissements de Crédit municipal*). Il fait la queue, passe à son tour, propose un bijou ; c'est une couronne, en or. On la pèse tout en le considérant, lui, d'un regard poliment étonné, ne disons pas : soupçonneux, au Mont-de-Piété, on est accoutumé à tout. On lui passe le carré de bois numéroté que nous connaissons tous. Un peu après :

— Numéro 24..... 553 francs.

— Hé ?

— Cinq cent cinquante-trois francs. Cela va-t-il ?

Berlioz, d'un ton résigné : « Cela va. »

L'employé, fort courtois : « Vous vous appelez ? »

— Berlioz, Hector.

— Berlioz ? Vous êtes français ? Comment cela s'écrit-il ?

— B, e, r, ber ; l, i, o, z : Ber-li-oz.

— Bien, bien. Agé de ?...

— Soixante-cinq ans. (Devinant qu'on va lui demander son adresse à haute voix, il tend hâtivement une enveloppe de lettre à en-tête de l'Opéra).

— Ah, vous êtes musicien ? De quoi jouez-vous ?

— Mais (se redressant) de... *De l'orchestre !!*

— Hé ? homme-orchestre ?

— Non, pardon, je ne suis pas instrumentiste : je compose des musiques, et je les dirige... Quand on les exécute...

— Ah, chef d'orchestre : il fallait vous expliquer. Nous disons donc : une couronne, or... 553 francs. Vous avez une pièce qui réponde... Non : carte de rédacteur aux *Débats*... parfait ; mais cela ne suffit pas : pour les objets estimés plus de 500 francs, il nous faut quelque chose établissant votre propriété, un acte de vente, que sais-je ?

— Mais, Monsieur, cela m'a été offert : voyez l'inscription, là, tenez.

— Mais, ce n'est pas du français ! (ah, si

chacun nous prenait autant de temps que vous !)
Tenez, Isleib, vous qui savez l'allemand, tâchez
donc de déchiffrer ?

— Heu, heu... *Les artistes et les amateurs de
la ville de Prague, à l'illustre* HECTOR BERLIOZ,
en souvenir de LA DAMNATION DE FAUST. *Année*
1847.

— Année 1847 ! Ah !

— Qu'avez-vous, Monsieur, qu'avez-vous ?

— Rien, rien (se redressant et s'efforçant de
rire) : *Sunt lacrimæ rerum,* comme a dit mon
maître Virgile. Merci, merci, messieurs.

Hé, saurons-nous jamais qui est, ou n'est pas
un raté :

Quand les lois du Cosmos déclanchent ce moment
Où le quotidien cristallise en l'Histoire,
Du grouillement d'en bas informément vivant,
Quelque héros s'essore. Et c'est l'office et gloire
Au noir ferment que d'aboutir à cette fleur
Pour son parfum là-haut. Fuite, fuite illusoire ;
L'impur fumier l'enlise, il s'y épuise et meurt,
— Mais à l'heure marquée : à lourds souleurs et peines,
D'abord il purge l'humaine hospitalité,
Promiscuités fouillant — haines, ardeurs malsaines —
Le calice tremblant de ses virginités.
Baves, fiels et baisers, chacune honte bue
(Et toute défaillance aussi !) l'étrange fleur
En parfums chaque fois plus purs les restitue,
Puis s'éclate en son fruit, se désagrège, meurt.
La fleur retourne au détritus originel,
Et les élus voyant une étoile de plus,
Du fond des cieux en chœur saluent la sœur nouvelle.

UN AUTRE RATÉ... OU DEUX, OU TROIS. — Assistance publique, 3e étage. Couloir, des bancs. Sur une porte vitrée, pancarte : *Nouvelles*. N'ENTRER CHACUN QU'A SON TOUR. — Des femmes sur les bancs. L'employé entr'ouvre la porte : « A vous. » Une femme pénètre, tend un carré de carton jaune, numéroté (1). L'employé se reporte à un volumineux registre, et dit : « Il va bien. » La femme se retire. La suivante pénètre. Même scène. L'employé : « Il est un peu fatigué... Oh, rien de grave, soyez tranquille... Un peu fatigué. » Il conduit doucement la visiteuse vers la porte.

C'est le bureau où, à des dates prescrites, l'Assistance publique donne des nouvelles aux mères des Enfants assistés. Une autre femme se glisse, à la mise à la fois modeste et pimpante des fleuristes du quartier du Caire. L'employé se trouble devant deux grands traits barrant la page de son grand registre. Il fait mine de fouiller parmi les autres registres, revient, se décide, et, balbutiant un peu :

— On ne vous a pas écrit... que votre enfant était... malade ?

— Mais non Monsieur, est-ce qu'il le serait ?

— Je ne sais pas, je vais voir.

Et, visiblement gêné, l'employé va consulter un collègue, puis :

---

(1) Exactement ainsi qu'au Mont-de-Piété.

— Mademoiselle, on vous écrira... On ne peut pas vous dire ici... La mère a deviné. Elle s'affale sur la table, clamant dans un sanglot : « Et dire que le père est mort aussi, sans que je le voie, à la guerre ! »

La suivante, une grosse blonde à la figure rougeaude de cuisinière normande, reste là, hébétée, n'osant avancer.

— Eh bien, et vous, dit brusquement l'employé ?

Secouée, la femme déploie un papier de soie maculée, en tire la carte jaune, plus maculée encore, et la tend à l'employé impatienté.

— Il va bien, votre enfant.

Et la paysanne sort, jetant un regard apitoyé, sur les petites Parisiennes au teint pâle, que ronge l'étisie, ses sœurs en maternité lamentable.

— Je dédie ceci à M. Roland Dorgelès, ex-reporter. Car il n'est pas de moi, ce douloureux petit chef-d'œuvre. Je l'ai recueilli dans un *Eclair* du 27 août 1892, rubrique *Faits-Divers*. Qu'est devenu l'auteur, quinquagénaire actuel, sans doute ? Et... s'il était moi-même, et que j'eusse oublié !

D'AUTRES. — Il pleuvotait ce soir de novembre, sur la noire rue de Cléry, là où elle roule en raidillon, tout contre la maison d'angle de la misérable rue Beauregard. C'est là qu'un mastroquet a paré sa boutique couleur sang de l'enseigne *Au Poète de 93*, parce qu'une plaque l'avertit qu'André Chénier demeura là, en cette année, son avant-dernière : et qu'il pense que c'est l'auteur des *Iambes* qui écrivit la *Carmagnole !* (Mais j'ai déjà dit.) Et là, barbottait dans la boue une femme jeune encore, et qui avait dû être très belle, embéguinée d'un mouchoir, et sur le bras portant un pauvre petit bébé ; elle remorquait un chétif ouvrier aux noires lunettes d'aveugle ; et l'ouvrier remorquait un garçonnet qui apparaissait un gnome, enfoui sous son capuchon pointu : juste moi alors que j'avais son âge. Tout ce lamentable poème chantait, ah, de quelle voix, hélas ! cette romance, triomphe à la Scala de Mme Amiati (je parle de 188...), le *Secret de Bébé,* et que je n'oubliai jamais : la grande sœur de Bébé « est poitrinaire à seize ans » ; il a surpris le médecin parler bas à sa mère :

> Il disait : Voyez à terre
> Combien de feuilles déjà :
> Quand tombera la dernière
> La chère enfant s'en ira.

> Voilà pourquoi je rattache
> Les feuilles qui vont tomber,
> Mais c'est une grande tâche :
> Dis, Monsieur, veux-tu m'aider ?

Ah, dame ! cela ne ressemble pas absolument à ce qu'entend la Scala d'aujourd'hui ; (Monte là-dessus, tu verras Montmartre...) le public de ces temps naïfs en était nonobstant tout ému ; moi de même, puisque je me figurais être Bébé.

La piécette que je laissai tomber dans la sébille du gnome à capuchon, elle tinta solitaire, me valut un merci que je ne méritais certes pas, et je demeurai longuement piété, tandis que toute cette misère se dissolvait lentement dans la pluie.

UN AUTRE ENFIN. — Quatre fois par jour, pour se rendre à son bureau, pour en revenir, Fantasio prenait délibérément par le Marché aux Fleurs du quai de la Cité, sous les bas polaunias tordus. C'étaient son jardin et son parc à lui tout seul, pour une minute, chaque fois. A ses premiers passages, les vendeuses l'assaillirent selon la coutume, se le disputant, presque autant effrontées que le hourvari de petits pierrots, qui crient avec injures à l'étranger que cet asphalte embaumé appartient à eux tout seuls. Mais elles devinèrent bientôt qu'il était de ceux-là qui n'achèteront nulles fleurs (et où les eût-il logées ?). Cependant, elles n'en voulurent pas à l'intrus, elles, et même, dévisageaient avec quelque sympathie le fantôme encapuchonné qui considérait au passage

avec avidité leurs écroulements multicolores,
visités de l'abeille et du papillon blanc. Et certain
soir, où précisément il s'en revenait plus esseulé
que de coutume, songeant à tant de jardins flétris
dans son cœur, une vieille vendeuse lui offrit
en silence un œillet blanc. Elle ignorait pourtant,
la bonne femme, que, bien des années en çà,
il épinglait un tel œillet pour voler au bal ou
rendre visite à sa fiancée. Il remercia silencieu-
sement de même, l'œil humide et à la fois tout
rajeuni !

2 novembre 1922.

PAS PERDUS ET NEZ AU VENT

I. L'ane de Buridan au trivium de Damas.
— Ce soir du mardi de la Pentecôte, Fantasio se
vit coincé entre trois rendez-vous : soirée chez
son vieil ennemi Yorick, donc à la clef controverses
succulentes ; représentation à *la Petite Scène :*
occasion de se raser à ce phraseur de Glück,
vide-poches de Rameau, mais d'applaudir Phi-
lidor l'exquis : enfin, séance à un congrès d'*Action
Française.* Fermant son huis sans s'être pu décider :
Bah, fit-il, on s'en remettra au Saint-Esprit ! et
il fredonna, sur un ton irrévérencieux : *Veni
Sancte Spiritus !* Or, en l'honneur des fêtes penté-

costales, le patron de l'hôtel Dauphine avait ciré
à force son escalier. A Fantasio le pied glisse
au tournant ; se voulant retenir à la rampe, il
vire sur lui-même : et panache en arrière.
Un simple mortel s'y fût cassé la tête, mais Dieu
ne veut pas la mort du pécheur, puis, les poètes
jouissent d'une providence spéciale, en considé-
ration des maux que leur infligent les simples
mortels : ce fut le seul poignet gauche qui se
rompit. Et ainsi fut résolu le problème de l'emploi de cette soirée. Tout est bien qui finit bien.

> *« Il s'approcha, banda ses plaies...
> et le lendemain, il tira deux deniers,
> les donna à l'hôtelier et dit : Prenez
> soin de lui (Saint Luc). »*

II. Les bons Samaritains. — Fantasio,
constaté que ses doigts jouaient normalement,
et lui, ne souffrait que raisonnablement, traita
d'abord, selon une coutume expéditive, son mal
par le mépris. Oui, mais le membre, enfla, dévia,
gardant la consistance d'une lavette. Faute de
rebouteux, lui s'en fut voir un masseur. Le pra-
ticien palpa, hocha la tête, conseilla de consulter
un médecin. Ainsi fait. L'homme de l'art palpa,
hocha la tête, et conseilla d'aller dans quelque
hôpital, consulter quelque prince de la science.
Précisément, *la Charité* sied à deux pas. Fantasio

sympathise pour cet établissement (il y compte bien finir ses jours, comme il convient à sa profession) à cause de l'enseigne : et n'est-il pas consolant, édifiant, que les deux hôpitaux du Quartier Latin s'intitulent *la Charité,* et *la Pitié.*

Un fonctionnaire consigna sur un beau registre ses noms, qualité, adresse. Puis : « C'est 4 fr. » Fantasio aboula ; enrichi d'une manière de tiquet d'autobus, mais dont l'entête portait : *Assistance Publique,* plus d'un papier consultatoire muni d'un prêche sur « l'Alcoolisme et ses dangers », il se présenta, à son tour, devant le prince de la science. Celui-ci palpa, hocha la tête, et déclara : « Il faut d'abord radiographier. » Enrichi d'un nouveau papier, Fantasio fut dirigé vers un nouveau fonctionnaire. Celui-ci inspecte un tarif : « Radio du poignet, face et profil ; c'est 50 fr. » Fantasio rougit. « Si vous êtes dépourvu de ressources suffisantes, vous pouvez établir une demande de réduction, en l'appuyant... » Fantasio, qui pense : « J'eusse préféré la réduction de ma fracture », bafouille : « Je reviendrai. » Et s'esquive, récapitulant : « 54 francs, puis l'appareil, les massages... et l'autre matin, tu commis la gaffe d'acquitter tes contributions, andouille ! Et avec tout cela, je n'ai même pas ma consulte ! Bah, il ne s'agit que du poignet gauche : méprisons. »

Et, pour divertir ses peines, il descendit passer

sa soirée au *Vieux-Colombier* ; en acquittant le
prix de sa place, il songea que là-dessus aussi,
l'Assistance Publique percevait quelque chose...

III. « La Chanson du Macchabée ».

> ...   Privé de ma bière
> Sur la froide pierre,
> Fermant la paupière
> J'ai l'air endormi...

Sur ces entrefaites, Fantasio se rendit à la
librairie du *Divan*, connaître si le dernier Valéry
avait paru, ou bien le dernier Géraldy. Non ;
philosophe, il se rabattit sur *Les Aventures d'Ar-
sène Lupin, gentilhomme cambrioleur* (1). Mais
Henri Martineau, qui n'a pas en vain pratiqué
l'art d'Esculape, repéra immédiatement le poignet hérétique, et sinistre deux fois ; il palpa,
hocha la tête, confessa sévèrement le délinquant,
puis commença (selon la forte expression de
Julie d'Angennes, marquise de Rambouillet) par
l'engueuler comme un pied (bien que ce ne fût
pas le pied qui était le coupable !), menaça son
anatomie radio-carpienne de sanctions redoutables ; enfin, s'adaptant au téléphone, entreprit
une conversation vive et animée. Après quoi:

____

(1) Précisons : IVe épisode, *L'Aiguille Creuse*, un pur chef-
d'œuvre.

« Voici qui est entendu : vous irez, pas après-demain : demain, à 9 heures, à Lariboisière, station Barbès du Métro, trouver mon bourreau ordinaire, le prosecteur Jacques Bloch, salle Nélaton ! »

Fantasio se remémora la chanson de Montoja, où Mévisto était si cadavéreusement dramatique :

> Je vécus honnête
> Du métier d'athlète,
> N'ayant de galette
> Que ce qu'il fallait... (1)
> . . . .
> Un gars d'la barrière
> Brisa ma carrière :
> Je r'çus par derrière
> Un pain si puissant,
> Qu'à Lariboisière...

Lariboisière reste un noble édifice du XVIIIe siècle, un peu bien délabré, dont demeure un décor de cloître encadrant des parterres fleuris. Circulent de jeunes et coquettes infirmières tout en blanc — plus d'une martelle les dalles de blanches bottines à haut talon — : « Charmantes religieuses de café-concert », murmure le libidineux Fantasio, qui songe au ballet des nonnes, de *Robert-le-Diable*, en son fameux décor de Cicéri. Il circule aussi des malades hâves et jaunes,

(1)   Comme un vrai poète,
A ce qu'il paraît !

marqués par la mort : ces savoureuses jeunesses
leur inspirent-elles de si folâtres pensées ?

> ...Le major bonasse
> Fit une grimace
> En voyant ma face,
> Et, d'abord se tut,
> Puis vers son interne
> Tournant son œil terne,
> Dit pour ma gouverne :
> — Je le crois f...

Fantasio arpente, perdu. Il ne connaît de ce
lieu, où il ne vint qu'une fois, — il était alors
régleur de Pompes funèbres, jadis, — que la
Salle des Morts, vaste et confortable :

> ...A l'Ecol' Pratique
> Le soir je rapplique,
> Le moment critique
> Allait commencer :
> Sans cérémonie
> Rompant l'harmonie
> De ma chair honnie
> Qu'il va dépecer,
>
> Un carabin, type...
> ...Pour vider sa pipe
> Cogne sur mes dents...

Fantasio arpente toujours. Il déchiffre les noms
des salles : médecins illustres, de lui inconnus ;
jadis, elles étaient sous l'invocation des saints,
pour procurer aux gisants quelque suprême

espoir. Cependant, la crèche que patronnait le curé de Clichy n'a été laïcisée qu'à moitié ; elle est devenue : Crèche Vincent-de-Paul. Le saint a sauté. Et la chapelle de l'hôpital subsiste : mais la croix du clocher a sauté elle aussi : pour faire place à une boule de billard. Ah, mais ! — Une autre passante égarée demande à Fantasio : « La salle Marathon ? » Fantasio s'effare, puis comprend : c'est la salle Nélaton ! Hélas, c'est à peu près tout ce qu'il connaît du grand chirurgien ! On leur eût dit : Saint Côme, Saint Louis...

Ah, voici enfin Fantasio aux mains du prosecteur, avec des carabins tout autour, blanc-vêtus comme des anges, et, qui ne fument point la pipe ! Le docteur Jacques Bloch palpe, repalpe, interroge, confie à son auditoire recueilli des mystères redoutables, où Fantasio croit happer au passage : « ...Radio-carpienne... compliquée... ankylose... fêlure... » Il lui remonte à la gorge des récits : « C'était mal ressoudé : il a fallu le lui recasser. » Fantasio voudrait bien se voir autre part !

Et justement, le chirurgien lui propose de l'endormir. Fichtre ! Mais il se redresse. « Je vous préviens que je vais vous faire mal. » Hésitation : pourra-t-il se retenir de chanter ? Enfin, on verra. Un carabin maintient le bras, et le maître commence. Vous êtes-vous jamais laissé arracher une molaire ? Eh bien, c'est exactement cela, à part qu'une extraction de dent dure une seconde, au lieu que... ô Ravaillac ! toi du moins avais commis le plus abominable forfait !

Ouf, c'est fini ! Fantasio étanche quelque sueur. Mais le pro... non : le vivisecteur : « Un tel, pourquoi vais-je maintenant opérer la traction (etc.)... ? — Parce que... — Non. Et vous ? » (Hein ? Ce n'était pas fini ? Ah ! Bourreau ! Communard ! Camelot du roi ! oh, à la prochaine Saint-Barthélemy !!)

Fantasio serre ses dents à se les mâcher... Re-ouf ! Non : cela va recommencer encore ! cela recommence ! (oh, si je tenais une pierre !) Et cette canaille d'infirmière, jolie comme un cœur, qui contemple avec un calme administratif ! Enfin : « Tout est préparé pour le plâtre ? » Ah, cette fois, ça y est ? oh, cher bourreau de mon cœur, merci !

Fantasio repasse à la radio. Il sait parfaitement en quoi cela consiste, et pourtant, voilà que c'est à présent que la vraie frousse, la frousse irraisonnée, l'assaisonne. Devant ces jeux de commutateurs, cette lampe à feu rouge, ce chuintement, ces étincelles, il éprouve l'impression idiote d'une électrocution ! Puis il déchiffre sur l'épreuve cette page de son squelette : un radius fêlé, un carpe en pâté de foie, et, surtout ce *memento mori :* Son squelette ! Pouah ! ce rappel de la fresque d'Orcagna, ou de la *Danse Macabre* (celle de Fagus, si vous permettez), est de toutes la plus mauvaise plaisanterie :

> J'pos'rai chez Willette
> Où mon corps d'athlète
> Va faire un squelette
> Assez réussi...
> ...Ça vaut mieux en somme
> Que de pourrir comme
> Les gens de la gomme
> Au fond d'leurs caveaux...

C'est égal, chers bourreaux, sans rancune, Salcède vous remercie.

SYLVES

— Ciel ou mer, ou montagne, ou désert ou forêt, manifestes de l'infini, réservoirs illimités ! Votre magnétisme pareil attire notre chétive finitude. Triste emmuré des villes et des rues, volontiers, quand le soleil d'été, toi aussi, toi même, te fait chanter comme la cigale, toi aussi crierais-tu avec Flaubert, crierais-tu devant le premier bouquet d'arbres respiré :

« Le sang de mes veines bat si fort qu'il va les rompre... j'ai envie de hurler... je voudrais avoir une carapace, une écorce, porter une trompe... me développer comme les plantes, couler comme l'eau !... »

Forêt ! On n'aperçoit plus les cimes des arbres, partout la verte voûte, ciel mouvant, vous accompagne. On se laisse mener par quelque rampant sentier dont on sait qu'on ne connaîtra jamais la fin ni la suite ; mille, dix mille, cent mille troncs, faisceaux de troncs, mènent cheminer à nos côtés, devant nous, derrière, leurs immobiles bataillons ; au-dessus de nous, les fusées de branches s'épanouissent, s'évanouissant dans la verdure agitée, suspendue. De temps à autre, rythme obscur, des troncs plus énormes surgissent. On se sent dans un cloître muettement sonore et embaumé, dont on éprouve le désir de ne sortir jamais.

Pourtant, voici la clairière, soudain, ses cahutes de bûcherons ; sur la terre herbue cavalcadent les sauterelles. Lac de verdure, lac d'azur, et s'y monte perdre une fumée. Quelques cents pas plus loin, le décor a changé.

Le décor a changé, les feuillages se resserrent, tout ciel a disparu ; sous la coupole différemment verte, un lac rose : bruyères ; autour, oscillent les fougères. Délices : sur le dos s'allonger, et, noyé dans le vibrement vert et rose, absorber, ne pensant à rien, des flaques de ciel soudaines à travers le filtre vert. Ah ! et quel parfum !

Ce vert, ce bleu, ce rose si purs : l'extase même des vrais vitraux de cathédrales. Mêmes brasiers d'amour. Et ceux-ci, ne furent-ils pas allumés à ceux-là ?

Et, à travers le brouillard irisé, ces chênes se brandissant de toute leur ardeur, trouant la voûte, élançant au ciel leurs milliers de myriades de mains frémissantes, explosions de prières !

Cependant, forêt sublime, sous ton oscillant plafond, le cœur humain à la fin halète : un horizon ! un horizon, un horizon en liberté ! Et voici une éclaircie. Une éclaircie voici, et l'orée, et la campagne. Des alouettes s'évanouissent dans le soleil, faisant pleuvoir des fanfares de cristal. Sur le chemin, Mère l'Oie avance se dandinant avec autorité, gésier en bataille et col tendu, jappant (si j'ose dire) vers le ciel et l'insolence ailée des alouettes ; à sa suite, titubent ses oisons.

Et Maître Chien arrive, queue en trompette : un chien de citadin, il ne sait pas, il se précipite en aboyant. Mère l'Oie adresse à ses marmots des jappements de détresse, et de menace aussi, et fuit, ailerons éployés, sa marmaille se culbutant à l'entour. Maître Chien se rue ; Mère l'Oie fait demi-tour, furibonde, héroïque, vomissant l'injure à s'étrangler : et Maître Chien ahuri, bat en retraite la queue entre les fesses.

Orée de forêt odorant le champignon ! Les liserons violets vous y contemplent de leurs yeux tristes, qui font penser à ceux des chèvres. A l'automne viendront là, cette terre étant humide, les funèbres colchiques gorgées d'eau et de venin. Plus de papillons, et, sur les feuilles mortes, sautilleront, grésillement de pluie, les légions de menus diablotins noirs. A peine un oiselet çà et là poussera-t-il sa plainte, et les rais pâles du soleil traverseront de biais le feuillage clairsemé. La forêt est belle toujours.

Mais toute seule, oui, elle a quelque chose d'inhumain ; il est sain, même pour elle, qu'à intervalles se révèle le dompteur.

Précisément, voici le carrefour d'Antin ; si théâtral que j'y cherche les musiciens. Au centre, colossal, le chêne jupitérien pontifie ; sa guirlande, sa cour de demi-dieux fait couronne. Par l'étoile des routes apparaissent, se présentent les figurants : venus par un côté, par l'autre s'éloignant. La vieille ramasseuse de ramée, invisible sous le faix qui l'accable, passe lentement : automate. Un mail-coche à quatre chevaux à grelots galope, suspendant à l'arrière un larbin rouge à l'interminable trompette en or. Un cavalier. Un, deux, trois cyclistes pédalant comme des fous. Une auto puante.

Une famille installe l'appareil d'une partie de croquet.

Mais le centre du théâtre demeure toujours vide, où Jupiter pontifie dans sa majesté : or, voici quelque chose d'angélique.

Quelque chose d'angélique, deux petits enfants blonds apparus, suivis de leur mère. Ils s'amusent tranquillement, et, sans s'émouvoir de la présence du roi, ils s'asseyent à son pied formidable. Avec leurs vêtements bleus, leurs cheveux d'or, ce sont vraiment deux minuscules fleurs.

Encore une clairière. Abatis, amas de bois, huttes de bûcherons, fumées, poules gambadant parmi les souches ; au delà, coups sourds, à temps égaux : quelque chose d'obsédant, vaguement sinistre. Qui supplicie-t-on ici ? Un arbre !

Un peu plus loin, un tapis de bruyères à perte de vue descend ; au-dessus, sourde musique, vibrement continu couvrant le crissement des grillons : immense nuage d'abeilles. Sous leur grésillement qui semble de violons, interviennent les graves ronrons de violoncelles fort exactement accordés : ces messieurs les Bourdons. Féerie, où l'on ne serait étonné de voir survenir le roi Obéron à califourchon sur une libellule, si...

Si ne nous réveillait à la saine notion de l'heure, un écriteau brusquement apparu. Il porte écrit, non comme on le pourrait croire : « Liberté, Egalité, Fraternité » — mais plus simplement : *Passage interdit.*

Car tout ceci se passa dans la forêt de Sénart, aux portes de Paris. Cher, délicieux asile, ombres de saint Louis et Louis XV, écharpe et traînée de parfum de Mme de Pompadour ; fantômes du Courrier de Lyon, et douilles chues des revolvers de la bande Bonnot et Garnier !

Mais, c'est toi toujours, suave Marquise, qu'on s'attend à surprendre surgir, chevauchant à l'amazone et de près suivie par le royal Bien-aimé. Oui, mais, voici, voilà, partout : *Passage interdit !*

— Minuit ! Les douze coups s'échelonnent au clocher de Limeil et j'entends ce trio céleste : deux crapauds battent à la tierce leur harmonica : là-dessus prend son envol la fusée d'étoiles d'un rossignol. Les feuillages du parc bruissent en cadence ; un poitrinaire agonise, en cadence, lui aussi, comme emporté maternellement sur les ailes de l'universel rythme. Ceci, à l'hospice de Brévannes, qui fut si superbe château.

*
* *

Et souvenez-vous...

Souvenez-vous de ce bois qui paraît en l'enfoncement avec sa noirceur d'une forêt âgée de dix siècles ; les arbres n'en sont pas si vieux, mais je ne crois pas qu'il y en ait de plus vénérables sur la terre. Les deux allées qui sont à droite et à gauche me plaisent encore : elles ont cela de particulier que ce qui les borne est ce qui les fait paraître plus belles : celle de droite a tout à fait la mise d'un jeu de paume ; elle est bordée d'un amphithéâtre de gazons et a le fond relevé de huit ou dix marches : il y a de l'appa-

rence que c'est l'endroit où les divinités du lieu
reçoivent l'hommage qui leur est dû :

> Si le Dieu Pan ou le Faune,
> Prince des bois, ce dit-on,
> Se fait jamais faire un trône,
> C'en sera là le patron.
>
> Deux châtaigniers dont l'ombrage
> Est majestueux et frais
> Le couvrent de leur feuillage
> Ainsi que d'un riche dais (1).
>
> Je ne vois rien qui l'égale
> Ni qui me charme à mon gré
> Comme un gazon qui s'étale
> Le long de chaque degré.
>
> J'aime cent fois mieux cette herbe
> Que les précieux tapis
> Sur qui l'Orient superbe
> Voit ses empereurs assis.
>
> Beautés simples et divines,
> Vous contentiez nos aïeux
> Avant qu'on tirât des mines
> Ce qui nous frappe les yeux.
>
> De quoi sert tant de dépenses ?
> Les grands ont beau s'en vanter,
> Vive la magnificence
> Qui ne coûte qu'à planter !

(1) Il est donc *sous* dais, le povre (oh, pardon !).

Tout ceci qui précède, faut-il souligner que je
le soutire d'une lettre de La Fontaine à sa femme,
du 25 août 1663 ? Et ce bois est celui de la commune portant pour armoiries : *D'azur au chevron
d'or, accompagné de 3 roses d'argent (2 et 1),
guirlandé de vigne d'or, avec grappes de pourpre ;*
elles remontent à 1419 et sont celles mêmes de
l'ancien fief seigneurial :
Clamart. — Clamart : Meudon.
Meudon : Rabelais ; Meudon : Auguste Rodin.

THALASSA ! THALASSA !

Je me traîne vers toi, mer sourde, voix complice —
   Que me lavent tes eaux je ne l'espère point ;
      Notre désastre se rejoint,
      Nos hontes et notre supplice.

Le « train de plaisir » m'a vomi.
Non, l'histoire des Sirènes n'est pas un conte
fabriqué ; chaque vague est sirène. La mer est
réellement notre mère, nous le pressentions
devant que René Quinton nous en eût démêlé
le pourquoi. Et c'est peut-être pour cela que le
Carême impose des aliments marins, et pour cela
que le Christ s'est voulu pour monogramme :
ichtyos.
Je considère, cramponnés à la coque d'un bateau

retour des Indes, des grappes d'anatifes, bizarres cirripèdes à cinq valves, mi-mollusques, mi-crustacés, qu'un pédoncule gélatineux fixe. Les sages du moyen âge se les figuraient engendrer les macreuses, oies cravants et canards sauvages, dont par suite ils tenaient la chair pour aliment maigre : ou par quel aperçu de l'obscure originelle identité, l'identité marine ? La mer nous attire plus invinciblement que jamais. Nous sentons bien, mais ne savons à quel point c'est une cure que nous nous précipitons faire à même son sein, fût-ce par l'horreur d'un « train de plaisir » !

L'égout vivant où heure à heure un cœur se noie,
L'époque toute en sa toute marée humaine,
De ses crasses repu je redescends vers toi,
O berceuse sublime et rouleuse inhumaine,
      O sœur surhumaine,
Et son flot tout entier s'y descend avec moi.

Aussitôt que je l'aperçus, je courus sur elle. Elle se retirait, je la poursuivis, trébuchant sur les récifs chevelus, pataugeant parmi les flaques, glissant sur la glu des varechs ; mes regards bondissaient du tapis de sable et d'herbes marines violet, jaune et rouge et vert, jusqu'aux falaises incandescentes, pour s'élancer sur l'immensité glauque où la pourpre solaire vibrait à travers les nuages roses : le soir. Un minuscule crabe détala, je le saisis, et me retins à peine de le dévorer fraternellement ! Pendant mon séjour

sur cette plage normande, je me dus contraindre
pour orienter mes courses vers la succulente
campagne, toute hérissée de cathédrales :
la mer m'appelait ; tout mon corps avec tous
mes yeux la voulaient, allongé sur la grève ou
le roc, ou plongeant dans la vague tiède et
fraîche, ou fouillant les grottes de cristal où
l'anémone respire et se poste la crevette. Quelle
désespérance que de devoir rester accroché sur
ce bord ! mais la nef ailée comme l'avion barbare
sont trop lents : j'implore les ailes de l'oiseau.
La mer à présent est emprisonnée elle-même sous
ces réseaux de géométriques bateaux aériens et
de transatlantiques pareils à des chemins de fer :

O sœur trop belle ! en vain fais-tu la courroucée,
Je sais où tu en es, moi que navre ton sort,
Je me salue en toi, courtisane harassée,
Qui inlassablement tords et détords ton corps,
Frotte ton ventre vert, frotte ta croupe d'or
Contre la grève et la mordille, exaspérée,
O désirs, et te roule, haletant, sur son bord,
          O berceuse sublime !

Que c'est beau cependant, rien qu'un simple
canot !
Les deux plus harmonieuses formes ouvrées par
l'homme sont un violon, et un bateau de pêche,
pour de pareilles raisons. Celui-ci, c'est les ondes
marines qui l'ont patiemment modelé, comme le
coquillage, comme le poisson. Le soir, à marée

basse, le canot vient s'engraver, les hommes
regagnent le port. Sur l'étendue vert sombre, sous
le ciel d'or vert où le soleil orangé se suspend,
solitaire et monstrueux, cela fait quatre insectes,
symbole de l'humanité se traînant sur le globe
du monde :

> Tes sursauts où sont-ils, amazone indignée,
> Quand le premier de nous s'arma pour t'approcher,
> Timide audacieux qui n'osait qu'en tremblant
> De sa nef effleurer dans un sillage blanc
> Ton imprécise robe à l'ourlet d'émeraude,
> Ta robe bleue et or aux reflets frissonnants,
> > O berceuse sublime !

— Magie ! aurore sur la falaise ! On va : par
delà un translucide réseau d'arbres, la trouée
énorme s'ouvre soudain, et se jette sur vous :
gouffre, paradis, on ne sait quelle apparition
tramée d'air et d'eau suspendue dans la lumière :
Elle est retrouvée ! Quoi ? l'éternité !

> > C'est la mer allée
> > Avec le soleil !

— Vierge par nos terreurs deux et trois fois sacrée,
> Celui, oh quel fut-il, de qui l'esquif brutal
> Avant tous sépara la tunique nacrée,
> Fouilla d'un baiser sourd la gorge indéflorée,
> Et laboura ce flanc de son rostre fatal,
> > O berceuse sublime ?

— Prodige ! il fait froid, cet autre matin ; une
lente suie de nuées traînent leurs toiles d'arai-

gnée ; par hoquets le ciel crache sans fin un fin
jet de pluie mêlé de bile. Un pêcheur passe, poussant des bras et de l'épaule sa « bourrasque »
à crevettes qui râcle les lagunes. Son fiston le
suit ; de son croc il retourne les pierres, harponne
les crabes, palpe, les envoie au panier pendu à
son dos, ou les rejette, et le vent emporte par
lambeaux sa chanson plaintive et rauque. De
biais, ils regagnent la digue. Ils portent le béret,
la cotte pareille à un sac en parchemin, les braies
goudronnées sur les mollets nus, et des chaussettes de laine dans les galoches de bois. Grands
yeux bleus et doux sous des orbites profonds,
et le père, épais sourcils noirs, une face rouge,
maigre, ridée, une barbe frisée. Saluts : « Mauvaise journée ? — Oui, la mer est méchante ce
matin (il est navré de devoir la réprimander).
Mais hier, elle était douce (sa voix s'est faite
caresse). Mais, n'est-ce pas ? il faut prendre le
temps comme le bon Dieu nous l'apporte ? »

— Soir. Elle est devenue un immense frisson
d'émeraude sous un ciel qui de l'astre disparu
conserve l'arrière-reflet rose et jaune soufre où
s'esquivent de légers nuages ardoisés. Une tremblotante phosphorescence fait se distendre l'étendue. A peine de brise et nul bruit, hors l'imperceptible ressac sur ce silence illimité. Des
pêcheurs, des citadins, contemplent, de la digue ;
plus bas, un éparpillement de gamins et gamines
patouillent à la lisière du flot. D'autres pêcheurs

en suroît, lourd filet sur l'épaule, pipe aux gencives, descendent, embarquent, rament, dévident les filets. Un canot déjà lointain se dissout, point noir dans la nappe verte. Le phare chaque cinq secondes fait exploser son étoile. Une vie prodigieuse émane de cette paix, et voilà que soudain petit Georges jette ses trente mois au cou de frère Félicien, quatre ans, avec tous deux envie de pleurer, tant ils se sentent heureux.

Oh, cette vie ! Qui n'a soulevé ta tunique, ô Thétis, ne soupçonne pas la vie. Cette eau n'est plus de l'eau, c'est de la semence. Ce rocher nu a sa chevelure : un arbre minuscule, et qui est un animal, non : une colonie d'animaux ; ces animaux sont des fleurs, des fleurs où poussent des tentacules, happant tout ce qui passe de vivant. Certaines de ces fleurs se détachent, naviguent, dévorant en chemin, puis dévorées. Cette plaque de vase se soulève du fond : c'est une feuille d'arbre ; elle palpite, elle regarde : c'est une limande ; un plus gros poisson arrive en flèche : elle retombe, aveugle, aplatie, plaque de vase.

A travers le cristal d'eau, l'œil humain discerne une clairière dans la forêt féerique. Sur une rocaille entourée de varechs écarlates s'est fixée une anémone violette : gélatine, non loin de minuscules coquetiers roses (caryophyllies) grouillants d'animalcules. Une étoile de mer, dix, cent, écarquillent leurs doigts gangréneux, tandis que le petit Monsieur Bernard l'Hermite se promène gravement, coquille au dos, et, Dieu me pardonne ! la canne à la main.

D'une pierre que je viens de lever, un gros crabe se dresse, darde deux yeux furibonds, prêt à me les lancer au visage, et ses pinces distendues, et bat en retraite en menaçant. Tout fourmille de serpents : varechs à la longueur inouïe, à l'enchevêtrement invraisemblable, vers de tous calibres, et autres vers qui sont les antennes d'on ne sait quel crustacé, ou les filaments d'un poisson, ou, énormes, des poissons eux-mêmes, congres de tout calibre, ou les tentacules de l'épouvantable pieuvre. Enfer de la férocité vorace et scientifique :

Humain, lève un homard, arsenal de cisailles,
Et de crocs, ou ce crabe exquis et révoltant,
Ta superbe fierté bat du cœur et défaille,
Tu reconnais ton maître et l'avoue humblement.

As-tu jamais rêvé l'aventure hideuse
D'une marée de crabes gigantesques, gros
Comme nous, sortant, millions, de la vase
Quelque nuit d'équinoxe et montant à l'assaut ?

Et t'es-tu demandé en combien de minutes
Le travail sur nos corps tout vivants dépecés
De ce pullulement d'immondes mandibules
Aurait anéanti toute l'humanité ?

Qui pourra venir à bout de ce monstre ? un
monstre pire. Lui, est magnifique à sa manière,
passionné, héroïque, intelligent, effroyablement
rusé. Il y a plus bas et plus noir dans la bes-
tialité ; il est effrayant, mais la pieuvre est terrifiante. Comment cet être hideusement flasque
vient-il à bout du décapode invincible ? par sa
flaccidité : elle l'asphyxie. Elle ne s'en prend pas
qu'à lui : tout fait ventre à ce sac goulu ; il dépeu-
ple un littoral.

Sous l'eau, à travers le flot qui recule, on
remarque un puits de deux pouces de diamètre,
un véritable puits, cerné de sa margelle, et se
demande quel en put être l'ouvrier ; et aperçoit au
fond un véritable visage rosâtre, vous obser-
vant par ses deux yeux fixes, bruns, cerclés d'or,
mi-voilés de véritables paupières. Leur placidité
diabolique vous met mal à l'aise. Plongez votre
main : un tentacule jaillit comme un fouet, lace
cette main ; puis un autre, et un autre aussitôt,
un autre encore, nœuds coulants visqueux, ventouses par vingtaines, par quoi cette face rose
de toute sa volonté aspire le membre entier.
Alentour, une circonvallation de carapaces de
crabes, de débris de crevettes. Les files de blanches ventouses semblent elles-mêmes des prunelles. Retirant avec peine sa main aux doigts
immobilisés, on amène à l'air le monstre que rien
au monde ne fera se détacher : même mort, les
ventouses s'acharnent à sucer. Son corps n'est rien

qu'une tête, une face, sur quelque chose comme la poche à fiel d'un taureau, ou le ventre de quelque araignée énorme ; un sac gluant, distendu, rougeâtre et violâtre, où luisent, à présent grandes ouvertes, deux prunelles rondes vous fixant avec une expression de méchanceté telle que n'en exhiba nulle autre créature du monde.

Pour venir à bout de cette horreur, on plonge, par la bouche à bec de perroquet, jusqu'au fond du sac, et le retourne, ou bien le crève avec son couteau. Alors, les tentacules peu à peu se desserrent, fouettant l'air encore, tandis que la bête persiste à vous dévisager de ses yeux agrandis de la rage de la méchanceté impuissante. Les pêcheurs, eux, extirpent simplement la bête d'une plongée de harpon, l'enfilent ensuite des autres par une longue aiguille, à une ficelle, et ce hideux emmêlement gluant, grouillant, fera de la bonne soupe, ou de l'appât à poisson. Ou bien les Parisiens le mangeront en conserves, sous des étiquettes fallacieuses : le train siffle.

Il siffle, le « train de plaisir », lui aussi ramène ses tentacules, la Ville ravale son vomissement ; la plage, la mer, tout se vide :

O dégoût ! de moi-même et de toi, verte aïeule !
Que ne te lèves-tu, dusses-tu ravaler
Tout l'univers et le revomir par tes gueules,
O berceuse sublime de l'Aphrodité,
Et pour l'éternité t'étendre nue et seule
Sous le ciel, le silence, et ton immensité !

DE CHÉNIER A VILLON

I

O ville, ô, pour tes amoureux, succulence du plus médiocre itinéraire parisien, et tout s'y ordonne selon leur joie !

Un jeune soleil hivernal danse ; il dégringole le faubourg Saint-Denis, sautille sur les toits, glisse le long des façades, rebondit ; la porte Saint-Denis, *Ludovico Magno*, l'arrêtant au passage, il l'enjambe, il s'accroche à la corniche, se pend à la voûte, se balance, se renvole, et, roi soleil aussi, repart, pique une tête dans la Seine, pour rejaillir sur les tours Notre-Dame !

La vieille prison Saint-Lazare, qu'auréola André Chénier, n'en ressort que plus morose ; son profil, à la bienveillante austérité des couvents du grand siècle, depuis cent vingt ans une merveilleuse suée de crasse délayée de sang croupi, l'isole dans une atmosphère pestiférée. Et des agents en bourgeois dévisagent le passant. Un détail étonne, détone : dans un retrait de la muraille, l'engageante propreté d'une échoppe d'*écrivain public*, « maison fondée en 1827 ». Le dernier de Paris, et il s'est réfugié là ! Il grossoye pour tous, le père Faës successeur de son père : pétitions, demandes d'emploi, lettres d'amour surtout, celles que le grand Bruant a chantées :

> C'est de la prison que j't'écris,
>   Mon pauv' Polyte :
> Je n'sais pas hier c'qui m'a pris,
>   A la visite...

— Non, elles ne sont pas nécessairement ce qu'on pourrait croire, et Trompe-la-Mort-Balzac le disait bien au comte de Serizy en lui négociant la correspondance de son épouse : « Tenez, Monsieur le Comte, les filles publiques en écrivant font du style et de beaux sentiments, eh bien ! les grandes dames... » Sous le porche noir s'enfuit une « petite sœur » de Saint-Joseph, blanche et bleue, hâtive : à l'intérieur tinte la cloche menue bénite par Vincent de Paul, et qui grave entre ses fleurs de lys : « Jésus Maria, an 1649... »

O noms de femmes, depuis, imprévus du bon curé de Clichy ; les deux Gabrielle : Fenayrou, Bompard, Mme Thérèse Humbert, Mme Steinheil, Mme Caillaux, Mme Mata-Hari... Mais ce qui m'y retient est qu'entre temps la maison, lépreuse à tous les sens, dont le patron est celui même des pestiférés, ait fourni son dernier gîte au plus ensoleillé des poètes :

Comme un dernier rayon, comme un dernier sourire
        Anime le soir d'un beau jour,
Au pied de l'échafaud j'essaie encor ma lyre...

Moi, ma lyre monte aux Buttes Chaumont.

II. — LA JOCONDE CHEZ LES LÉPREUX

Accours, jeune Chromis : je t'aime et je suis belle.

Je gravis à présent une voie faubourienne telle-
ment quelconque qu'elle réclamerait pour par-
rain n'importe quel héros de démocratie, Martin
Nadaud (1), Martin-Feuillée, Martin-Martin...
Et elle s'appelle la rue de la Grange-aux-Belles !
Et c'est juste le chemin qui menait au gibet de
Montfaucon ! André Chénier : François Villon.

Encoignure gauche : un pharmacien spécial
exhibe, horrifiques géographies, toutes les mala-
dies rongeuses, et aussi, agrandie aux dimen-
sions du cauchemar, la curieuse petite bête qui
communique la gale. Au delà, l'ample courbe
du boueux canal Saint-Martin, puis l'ex-cou-
vent de Récollets, promu hôpital à soldats.

Encoignure droite. Interminable mur, pouil-
leux, crevassé, squammeux, hérissé de tessons de
bouteilles ; pavillons de briques, portes rustiques.

______

(1) Du moins, est-ce Martin Nadaud qui proféra le mot touchant : « Quand le bâtiment va, tout va ! » Et digne de Sully,
ma foi : n'est-ce pas ?

Une s'entr'ouvre, lâche un corbillard à pauvres, cahin-cahant vers Pantin entre quatre chapeaux cirés. Son bâillement décache une svelte chapelle : œil de bœuf, campanile à huit pans, corset d'ardoises. Une enceinte, lac de verdure, galeries de cloître, jeu de dominos de pavillons de briques, toits pointus, quinconces, tout qui chante :

> Je dirais au roi Henri :
> J'aime mieux ma mie, ô gué !

O ironie, ô ma mie !

Silence, pépiement d'oiselets, rires de jeunes femmes ; les voici : horreur ! d'elles trois, l'une n'a plus de nez, l'autre, un bandeau dissimule mal qu'elle n'a plus d'oreilles, à la troisième une dartre vineuse achève de dévorer les lèvres. Elles s'arrêtent, non parce que l'intrus les dévisage : elles ont oublié qu'elles n'ont plus de visage — mais que les croise un vieux monsieur grave à l'air bon, qui porte la rosette : le professeur Hallopeau. Nous sommes dans l'hôpital fondé « par Henry quatriesme pour la commodité et le soulagement de ceux qui sont attaquez de la maladie » — sous le patronage de saint Louis son aïeul ; et c'est ici le pavillon des lépreux. Et, de l'autre côté de la rue, à gauche, un peu plus haut, là où une cité ouvrière grouille, là, dans le placard d'une soupente, c'est là que Perruggia tint la *Joconde* séquestrée : et ce fut le seul bon temps pour cette autre lépreuse, qui fut heaulmière, elle aussi ! Mais, où sont les anges d'antan ?

Plus haut, trois citadelles. Entre de neuves casernes syphilisées déjà par l'haleine des usines, au fond d'une brève impasse, une maisonnette bourgeoise aux ambitions de villa. Au delà, un monstrueux cube découpé de démesurés vitrages, empanaché de neuf cheminées perpétuellement fumantes : château-fort électrique déversant lumière et force à toute une tranche de Paris. Une douzaine d'hommes coiffés de feutre sortent de la maisonnette ; ils parlent fort puis s'interrompent net : quatre sergents de ville ont surgi, l'air indifférent ; sur la villa bonasse est inscrit : *Maison des Fédérations*, autrement dit : C.G.T. Mais, plus au delà, loin et haut, va chercher souverainement le ciel, un blanc carrousel de coupoles lancéolées : la basilique du Sacré-Cœur !

Monte encore, Fagus. Au-dessus de la grille qui l'isole de la chaussée, hors d'une cour d'atelier, se penche un grand vieux marronnier, l'air aussi dépaysé là que la girafe du Jardin des Plantes, et cette girafe est empaillée. Cet attardé représente tout ce qui demeure, au-dessus de terre, de l'ancien cimetière des Protestants. Quelques années en çà, son sol fut laborieusement violé pour la repêche du cercueil où naviguait dans l'eau-de-vie William Jones, un dur-à-cuire de la Guerre de l'Indépendance : on le retrouva — ou le crut — mais sec d'alcool : extra-dry ; il avait évidemment tout absorbé, et ce fut l'unique signe à quoi on put le reconnaître. Et les Américains le récupérèrent en cérémonie : l'essentiel.

Plus haut encore, d'une porte assez sordide, naguère je vis sortir, précipité entre trois, quatre sergents de ville, un jeune citoyen conscient qui venait d'assassiner sa mère : j'ai retenu son indignation devant les cris de mort de la foule.

Immédiatement après, un hôtel garni. Là, dans le même temps, fut ramassé le corps d'une vieille pauvresse nommée Antoinette Gentilhomme, parfaitement nu, tout tricoté de coups de couteau. La veille au soir, sans gîte étant, une « copine » la rencontre : « Monte chez moi : tu trouveras mon « ami » et son copain, Eugène Cornu, tu sais bien ?» On se pourvoit de plusieurs litres, on les dessèche, on se mêle tous quatre. Aux effusions la jalousie succède. La bonne Samaritaine entend jeter dehors l'intruse, l'intruse récalcitre : « Je suis chez moi ici, à présent que j'ai couché avec ton homme. » L'autre la « corrige », et le quatuor, ramené à son trio primitif, se rendormit avec sérénité.

Enfin voici ce qui fut la barrière du Combat, au pied de la butte de Montfaucon, entre les barrières de la Villette et de la Chopinette. Là jadis, le populaire se divertissait à certain jeu de l'oie qui consistait à assommer à coups de gourdin le volatile pendu au bout d'une ficelle. Là, des équarisseurs engraissaient de chevaux morts, ou à peu près, des rats d'égout qu'ils dressaient à combattre des dogues judicieusement entraînés. Les dandies du temps de Louis-Philippe aimaient ce spectacle, qui leur complétait la descente de la Courtille. Balzac n'y manqua point, qui s'y intéressa fort, son ami Gozlan l'a narré.

Passé la barrière, le chemin épouse la rue Secrétan, où ma jeunesse échangeait des coups de pierres avec les chiffonniers du passage Montferrat et l'impasse des Chaufourniers : alors une sente orde et tortueuse, à présent tranchée aussi rectilignement bête que les casernes à confort moderne qui la claquemurent. Enfin, les Buttes Chaumont. Suprême hommage à la truandaille, le romancier Gaston Leroux, l'auteur de *Tue-la-Mort*, draina un jour tout Paris jusqu'aux grilles, déterrer certaine médaille qu'il assurait cachée par Cartouche, quelque part par là. Et tout là-haut, au temple de la Sibylle, de temps en temps, à l'aube, le garde décroche quelque pendu bénévole, soucieux de la tradition et, j'imagine aussi, amené là par le destin : pour distraire un peu mon pauvre oncle François Villon.

III. — ...Et chez la grosse Margot

Redescendons. Peu d'années avant la guerre, dès cinq heures du soir en hiver, s'allumait louchement cet autre coin du boulevard de la Villette ;

perpétuellement infâme, le lieu devenait franchement sinistre. Motte rocheuse et sablonneuse, terrains vagues, sommet flagellé des nuages, hérissement de palissades, ruelles grimpant dans le noir, hôtels chassieux, la ruelle principale se concassait promptement en un raide et gluant escalier. Un flamboi jaune et rouge, mais rouge malade et jaune pisseux, suintait de ces rez-de-chaussée, fenêtres, portes, devantures bâillant cyniquement. On entrevoyait les murailles intérieures, papiers de tenture pendant, lampe ou chandelle sur la table et cuvette à côté, cheminée encombrée de brimborions enfantins, couverture hideusement écarlate d'un lit, et rideaux de fenêtres incendiaires. Bouches d'enfer pleines de pus. Dès que retentissait le talon du passant, de tout cela jaillissait de la femme : peignoir rouge ou rose, rien dessous ; et les injures, les appels, les roucoulements inviteurs. Certaines bibliquement vieilles, et celles-là se dépoitraillaient jusqu'à la ceinture, et d'autres navrantes de jeunesse. Les nuits des samedis aux dimanches, coups de revolvers, parfois, et grands cris, puis les sergents de ville, se hissant avec prudence. Une usine aux gais arrangements de briques coloriées s'est assise par-dessus cette horreur.

Mais c'est pires horreurs qui sortent de chez elle : puisque c'est une imprimerie.

A LA MANIÈRE DE...

Je me trouvai l'autre samedi à la matinée soi-disant poétique du Théâtre Français ; pas pour mon plaisir, vous pensez bien (je déteste les vers) mais parce qu'Eugène Marsan me l'avait en quelque sorte ordonné : il s'agissait de célébrer la mémoire de son ami Jean-Marc Bernard, lequel joignait à son superbe talent la sottise d'être patriote. J'en suis encore à comprendre comment c'est honorer un poète qu'applaudir à des vers, j'en étais sûr d'avance, et me trompais cette fois, charcutés par quelque sociétaire de la Comédie... Bref, « Andromaque je pense à vous... » : car me revoici, depuis je ne sais plus combien d'années, m'encageant derrière les bar-rières de bois endiguant la queue des fidèles. La première fois que j'y vins (cela vous est bien égal, mais cela me permet de tirer à la ligne) ce fut en effet pour entendre *Andromaque* ; et j'oc-cupais l'attente à lire *Le Marchand de Venise.* Cette fois, je lis *L'Escarbille d'or,* où Tristan Klingsor déplore harmonieusement que sa barbe grisonne. Mais pourquoi l'écrit-il en vers ? Est-ce qu'on parle en vers à son barbier ? Bref, un éblouissement me saisit jadis quand j'entendis Mounet-Sully, appuyé sur son manche à balai d'ambassadeur :

Avant que tous les Grecs vous parlent par ma voix...

Mais je ne pus admettre ses rugissements de la fin ; vous savez ?

Dieux ! quels ruisseaux de sang coulent autour de moi !...

D'ailleurs, Racine est presque aussi idiot que ce soudard patriote de Corneille. Parlez-moi de Tallemant des Réaux !

Je crois bien que c'est dans le même temps que je vis pour la première fois Sarah Bernhardt, dans *Marion Delorme*, où c'était le gros Dumaine qui représentait Didier. Elle me fut suprêmement désagréable, bien que l'illustre « voix d'or » la fût alors réellement, et non le cuivre fêlé qu'elle devint par la suite. Cette mélopée ! aussi artificielle que son jeu, enroulements et déroulements de chatte amoureuse. Le pire m'attendait à l'entr'acte. J'avais été conduit là par un ancien ami de mon père, un vieux Communard et Quarante-huitard, le père Mathé (Léon Deffoux a dû le connaître), héritier dramatique de Félix Pyat : c'est-à-dire de ses droits d'auteur sur *Le Chiffonnier de Paris*, *L'Homme de Peine*, et autres calembredaines révolutionnaires. Il m'introduisit dans les coulisses ; nous y pénétrâmes à l'instant précis où la Divine (comme s'exprimait Catulle Mendès) eng...uirlandait je ne sais quelle camarade. Ah ! mes enfants ! pour parler comme le père Sarcey... Les propos des matrones des Halles fleurent ambre et baume auprès de ce que recueillirent mes innocentes oreilles. Depuis j'entendis la Divine entreprendre Jean Richepin et M. de Max, mais alors, je le répète, j'étais innocent, sauf en mes nuits solitaires.

Revenons à la Comédie. Salle comble : le noble empressement ! Seulement, il me faut bientôt reconnaître (avec quelle joie !) que ce n'était nullement en faveur de la Poésie que s'empressait tout ce monde. La raison est qu'il va être admis à contempler ces Messieurs et Dames au naturel (si l'on peut dire, parlant de comédiens). Le morceau liminaire était de ce raseur de Lamartine : personne n'entendit rien, que le claquement des portes ; nul ne désirait rien plus, n'étant venu là que pour voir. Quant à cela, l'on fut servi : tout défila. Ah ! les sublimes effets de jaquettes, et de pantalons ! les spectatrices, particulièrement, en pâmaient : quelles entrées, quelles sorties, quels rappels ! les bouquets pleuvaient. L'un de ces Messieurs fit sous l'avalanche un geste pudique à mourir de rire, et signifiant à volonté : c'est trop ! ou : ce n'est pas assez ! Et la mèche fatale de M. de Max, suivant le rythme de sa démarche de valse chaloupée ! Pour ces dames, elles sont uniformément exquises, uniformément jolies, uniformément jeunes ! Au surplus, elles récitent encore un peu plus mal que les hommes.

Du reste, c'est bien simple. Un comédien ne récite pas, il joue, il joue tout son répertoire : dans un simple sonnet, il faut que tout passe, comédies, drames, tragédies, et monologues.

Eh bien pourtant, il y eut une exception : quand Mme Dussane récita le *De profundis* de Jean-Marc Bernard. Je n'avais jamais ouï ni vu cette personne, et ne saurais donc décider si c'est par intelligence native, ou parce que dominée par le sublime du poème ; les deux, soit. Mais l'émotion fut soudaine, et générale, dès les premiers vers :

> Du plus profond de la tranchée,
> Nous élevons les mains vers vous,
> Seigneur ! ayez pitié de nous
> Et de notre âme desséchée...

Eloge risible en toute autre occasion, tragique en celle-ci : ce fut un rideau de glace qui descendit. Et quand cet affreux et admirable poème fut achevé, la salle — chose inouïe — *demeura quelques secondes avant d'oser applaudir.*

Je sortis aussitôt, les yeux mouillés, à ma honte et me heurtai contre Maurice Boissard, plus bougon que jamais, de n'avoir trouvé là matière à éreinter. Mon pauvre contemporain ! comment se consolerait-il d'avoir perdu sa superbe crinière noire et bouclée d'il y a vingt-cinq ans, et son monocle triomphal, et son coruscant gilet,

en présence de ces comédiens éternellement
jeunes, par profession, et son ami Paul Souday
aux doigts de roses ?

FREUD, FREUD,
POURQUOI NOUS PERSÉCUTES-TU ?

L'autre nuit, je rêvai que j'étais encore soldat ; seulement, prisonnier :

Comme un bétail pensif sur le sable couchés,

nous faisions une centaine d'habits bleus sur
une plage d'île rocheuse qu'un soleil méridional
cuisait, et gardés non par des Boches, mais des
Anglais. Minute à minute, nos gardiens hap-
paient celui-ci, celui-là, et l'allaient fusiller. Mon
tour vint ; je m'enfuis, avec la lourdeur qui prend
nos membres dans les rêves. Je m'engageai dans
une maison de bois encombrée d'appareils gymni-
ques ; rattrapé, m'échappai, montai, atteignis une
buvette installée à l'étage supérieur ; afin de
n'être reconnu, m'attablai, demandai un verre
de vin ; un garçon de bureau de la Ville de
Paris, se trouvant à point nommé, me reconnut,
dit : « Il demande du vin ; vous voyez bien
que c'est un Français ; il va nous compromettre ! »
Le tenancier, pitoyable, me tendit une tasse de

tilleul. Les gardiens me rejoignirent : angoisse affreuse, nouvelle fuite ; j'échappe (c'est très rare dans les rêves), gagne le littoral, me jette à l'eau, nage de toutes mes forces : tant, que je m'éveille.

Et m'occupe à démêler le pourquoi de tout cela.

J'avais lu la veille dans *Le Canard Libre* un article de Paul Lombard : lequel me rappela Jean Lombard, l'auteur de *L'Agonie, Byzance,* et aussi l'histoire du général Mireur lequel périt en Egypte sous Bonaparte ; d'où rappel du *Conscrit de* 1808, où Philippe Gille conte les tourments de son grand-père, prisonnier à Cabréra, et finalement, sur les pontons anglais. Le paysage rocheux ? décalqué d'une affiche de chemin de fer : Biarritz. Pourquoi ? Un journal relatait l'inauguration, à Biarritz, d'une statue, par Réal del Sarte, du roi d'Angleterre. La maison de bois ? Ce Gymnase Tournaire, à Belleville, où je fréquentais voici trente-cinq ans. Le garçon de bureau ? c'est le mien, le fidèle Choumalacaton, un blessé de guerre. La tasse de tilleul ? elle me fut imposée l'autre soir, chez des bolcheviks où j'avais été amené par surprise : oui, faute de sang.

Ainsi, la matière de nos rêves est tissée de nos fonds de tiroirs crus oubliés, mêlés à des impressions récentes à quoi nous ne prîmes attention (1).

---

(1) Mais, dans mes rêves les plus biscornus, jamais ne me vint l'envie de commettre des incongruités avec mes parentes. M. Freud est bien de son pays.

Reste l'angoisse de la mort. Fréquente. La créature humaine est peu héroïque, endormie, sans défense, en chemise entre deux draps. Et, à propos, pourquoi le malade moribond, pourquoi le vieillard épuisé, acceptent-ils leur fin assez aisément (je ne parle du catholique, pour qui elle est délivrance) ? parce qu'ils sentent leur raison de vivre close. Pourquoi le même soldat, qui affronte les risques d'un assaut, d'où l'on a tant de chances de ne pas revenir, frissonne-t-il devant le poteau d'exécution ? Parce que se jeter à la rencontre de la mort, c'est vivre au suprême, au lieu que la subir passivement, accepter d'être un agonisant en pleine santé, il y a là une contradiction contre quoi tout l'organisme regimbe. C'est pis que le suicide, lequel suppose toujours plus ou moins la folie. Dieu, qu'un condamné à mort athée doit souffrir, avant ! Mais, de véritables athées, en existe-t-il ?

TANT L'ON CRIE NOEL...

« Qu'à la fin il vient. »

25 décembre. — Les quatre semaines de l'Avent, à quoi correspond à peu près le mois de décembre, ont un caractère spécial. Période de recueillement, d'attente, d'anxiété, de désir, et qu'exprime si dramatiquement l'hymne admirable : *Rorate, cœli, desuper ; et nubes, pluant Justum :* « Faites descendre, ô cieux, votre rosée ; nuées, faites leur pleuvoir le Juste ! » Ce n'est pas la même chose que le Carême : de même l'allégresse de Noël n'est pas la joie bondissante de Pâques, où toute la nature s'unit à l'homme pour crier : *Resurrexit.* Chaque solennité, chaque époque liturgique a sa personnalité, et appelle en quelque sorte ses correspondances météorologiques et son sous-entendu moral. La Sainte-Catherine, fête des jeunes filles, tombe juste un mois avant Noël ; et un mois avant l'Epiphanie, la Saint-Nicolas, fête des garçons : laquelle vient entre sainte Barbe, vierge et martyre, et l'Immaculée-Conception. Le jeune saint Etienne, premier des martyrs, est célébré le lendemain même de Noël ; le lendemain encore, saint Jean, l'apôtre vierge, et le jour d'après, les Saints Innocents, qui inspirèrent au poète Prudence ces accents suaves dont notre traduction donne une si pâle idée :

> Salut, ô fleurs des martyrs
> Qu'au seuil de votre journée
> L'Ennemi a moissonnées !
> Salut, ô fleurs des hosties,
> Vapeur, neige, cœur des roses,
> Tendre troupeau décimé !
> Sous l'autel du divin Maître,
> Vous jouez avec vos palmes,
> Et vos guirlandes de fleurs !

Ainsi cette période dont la Nuit d'entre les nuits représente le sommet, avec la naissance du Martyr suprême, semble célébrer particulièrement la virginité dans ce qu'elle a de plus émouvant : la virginité martyre.

Jadis, le jour où se mêle à la commémoration de celle dont le propre père fut le bourreau un ressouvenir de la fiancée mystique du Christ, la reine Anne d'Autriche se rendait à son cher Val-de-Grâce, offrir sa soirée à des filles de toutes conditions. Elle leur portait des gâteaux, dont l'un cachait un anneau d'or : celle qui l'avait trouvé pouvait être sûre d'être mariée dans l'année suivante. Ceci après Vêpres ; à ces Vêpres, celles des Catherinettes comptant vingt-cinq primevères mettaient la prime épingle au bonnet de la patronne ; la deuxième, celles de trente ans ; les filles de trente-cinq ans, hélas, l'épingle du Célibat : et pourtant ! chantaient avec les autres :

> Bonne sainte Catherine,
> Permettez qu'un gentil garçon,
> Ayant distingué ma mine,
> Bientôt me fasse abandonner
> Les bons soins qu'à votre coiffure
> Jadis j'aimais tant à donner !

Se souviennent-ils encore, nos canonniers, que c'est parce que le feu du ciel a vengé sainte

Barbe, qu'ils ont lieu de chanter les soirs de
décembre dans nos villes de garnison :

> ... Et répétons en chœur ce gai refrain :
> Vivent les artilleurs, à bas les fantassins !

Saint Nicolas demeure patron de l'Austrasie.
Les garçonnets de par là, comme ceux des
Flandres, se soucient peu que les archéologues
aient laïcisé la légende du boucher assassin ; et ils
persistent à chanter :

> Ils étaient trois petits enfants
> Qui s'en allaient glaner aux champs...

Cependant, le 13 décembre, juste huit jours
après, l'Alsace fête la vierge sainte Odile.

Sans remonter aux Bacchanales grecques, les
Saturnales romaines tombaient aux Calendes
de janvier, comme on sait. Artisans, enfants,
soldats, travestis en femmes, en bêtes à cornes,
envahissaient les rues ; les esclaves jouissaient
de la « liberté de décembre ». De même, aux
fabuleuses fêtes de l'Ane, un baudet mitré, monté
à reculons par un diacre crossé, évoquera à la fois
le prophète Balaam, la Crèche, la Fuite en
Egypte et la suprême entrée à Jérusalem, tandis
que les clercs hurlaient l'illustre prose « farcie »
dont tout le monde connaît au moins le refrain.

Et puis l'Epiphanie engrenait la Fête des Rois
et celle des Fous : et Carnaval reprenait haleine

pour donner son suprême élan au mardi-gras, où
Carême-prenant et son auguste famille de géants
(cela persiste dans les Flandres) étaient menés
par les rues, pour se voir solennellement brûlés
à l'aube du mercredi des Cendres.

La joie de la Nativité ne justifie-t-elle pas
toutes folies ? Et puis ce ne semblait pas trop
pour se payer de la gravité de l'Avent, et prendre
forces pour le Carême.

Ce qu'a de touchant l'hilare Fête des Rois,
c'est son côté familial, familial et hospitalier.
Entendez-vous d'ici le plus jeune des enfants, sous
la table caché, entamer d'une petite voix aigre-
lette, l'étrange dialogue avec le père de famille :
— *Febe ?* — *Domine !* — *Pour qui ?* — *Pour Dieu !*
Dieu, c'est les pauvres :

> ... Ah ! si vous pouvez
> Pas ben le couper,
> M'y faudra donner
> L' gâtiau tout entier !

La révolution n'a rien pu contre le roi de la
Fève, quoique dès 92 le citoyen Chambon
édictât que les pâtissiers qui offriraient des
galettes « ne sauraient avoir que des opinions
liberticides ».

> — *Phœbé ?* — *Domine !*
> Filleuls de la Lune,
> Poètes, chantez !

VATES

L'inspiration est la solution spon-
tanée d'un problème longuement
médité.

(NAPOLÉON.)

Neuf heures grincent à l'horloge éraillée de
la mairie : M. le préposé aux décès s'installe à son
bureau, déploie son *Action Française* à la rubrique
Faits Divers, et tombe en arrêt sur celui-ci :

« Sans emploi depuis quelque temps, un comptable, Fortuné Prosper, âgé de trente-deux ans,
demeurant 52, rue Morgue, déjeûnait mélanco-
liquement hier avec sa femme et devisait avec
elle sur la rigueur des temps.

« De plus, il s'était servi d'un certificat de
complaisance, délivré par un de ses amis, et venait
d'apprendre que ce fait était punissable de quinze
jours à six mois de prison.

« — Quel ennui de vivre ! s'écria-t-il. Et puis
j'en ai assez.

« Il s'élança vers la fenêtre et, de son cinquième,
se jeta dans la rue. Sa femme n'eut pas le temps
de le retenir.

« Le malheureux vint s'abîmer sur les pavés.
Il se brisa le crâne ; sa cervelle jaillit sur deux
passants.

« Averti aussitôt, M. Poulemouille, commissaire
de police du quartier, vint constater le décès et
fit remonter le corps au domicile du défunt. »
Il hausse les épaules, remet sa gazette en poche,
et — poète à ses moments : faut-il dire perdus ? —
entame la pièce dont l'idée lui vint tout à l'heure,
dans le Métro :

> Je mis prisonnier l'arc-en-ciel
> Dans le réseau d'une araignée...

Entre en coup de vent le piéton du commissaire :
— Salut, la classe ! voilà : procès-verbal... s'est
jeté du cinquième... paraît qu'il en est mort...
profitera de cela pour l'enterrer... recevrez le
permis d'inhumer à 3 h... je me sauve...
M. le préposé enchaîne :

> ... Où dansaient les rais du soleil
> Sur des globules de rosée...

On frappe ; deux femmes : l'employé s'est
levé : l'une figure sous sa voilette une ombre
mince tordue par la douleur ; à l'autre, celle qui
la mène, gorge et croupe font craquer sa robe ;
cette dernière seule parle, parle haut, autoritaire
et protectrice, et explique, explique :
— Oh oui, vous serez bien bon, Monsieur
l'employé, si vous pouvez retarder jusqu'à après-
demain, que les amis aient le temps de venir...
Et puis, vous tâcherez de faire qu'il puisse aller

à l'église : c'est pour la veuve, et puis le quartier...
Moi je ne lui suis rien, n'est-ce pas ? Je ne suis
qu'une amie... Nous sommes brisées... depuis trois
heures hier que cela s'est passé... J'ai forcé
Madame à venir chez moi : dans l'état où elle est,
elle serait avec ce mort dans l'état où il est...
(Sors deux minutes, veux-tu ?) Figurez-vous,
Monsieur l'employé, le crâne vidé, en morceaux :
une bouillie... elle ne sait pas, vous comprenez, on
n'a pas voulu lui laisser voir (— Tu peux rentrer...
non : attends un peu). Alors, malgré cela, il pourra
passer ces deux nuits ? C'est que l'hôtelier, lui,
il voulait qu'on l'emporte ce soir, rapport à ses
locataires... c'est vrai qu'il ne peut pas la forcer ?

— Nullement, Madame ; nous allons télé-
phoner : il sera mis en bière ce soir à 7 heures, et
les mesures sanitaires prises... et pour l'église,
on s'arrangera aussi...

— Oh, merci encore, Monsieur (Tu peux rentrer).

La veuve demande « le prix d'un cercueil de
chêne et d'un terrain de cinq ans », d'une voix
morte... L'autre intervient :

— C'est qu'elle n'a pas beaucoup les moyens,
vous savez ?

— Non, cela ne fait rien, je ne veux pas qu'il
s'en aille comme un chien !

L'employé minute l'acte, contrôle prestement
l'état-civil : trente-deux ans, n'est-ce pas ?
Comptable ? Et vous, Madame, vingt-neuf...

brodeuse ? Je vous demande pardon (Et à l'amie,
à mi-voix : — Hier à 3 heures, n'est-ce pas ?...
C'est bien suicide ?...)

— Je vais vous expliquer, Monsieur (Ecarte-
toi un peu). Ils finissaient de manger : tout à coup
il se lève en criant : Je ne peux plus vivre ainsi,
j'aime mieux en finir ! Et il enjambe la balustrade...
elle ne savait pas ce que cela voulait dire... Il
avait eu des malheurs d'argent, mais jamais on ne
se serait attendu... Et la pauvre petite femme,
qu'est-ce qu'elle va devenir ? Heureusement qu'il
n'y a pas d'enfant... Comme elle vous l'a dit, son
père est mort fou, on ne sait pas ce qu'il est devenu
[Elle n'a rien dit du tout] : pour se marier ils ont
dû en faire un acte de notoriété .. et pour la mère,
il vaut mieux ne pas en parler...

La veuve a entendu, elle s'avance brusquement...

— Oh, surtout, Monsieur, qu'on ne la prévienne
pas, cette misérable, c'est elle la cause de tout !
N'est-ce pas, Monsieur, vous ne lui direz rien ?
Elle n'a pas voulu même voir le corps de son fils...

L'employé la rassure, reconduit les deux
femmes, les mène auprès du préposé des Pompes
funèbres. Il rentre, achève son petit travail,
atteint son papier poétique :

> — Pour que la prison lui fût douce,
> J'ai dit aux clochettes du thym
> D'émouvoir leur cage de mousse
> D'un gai carillon de parfums...

— Pan pan ! — Entrez ! — Trois sorcières en angles, faces recuites de maraîchères. La plus vieille, courtaude, vaste panier au bras, tartan à carreaux rouges et noirs sur jupe marron, bonnet blanc : Parions que c'est la mère, se dit l'employé. Gagné.

— Monsieur, je viens de Neuilly, mon fils s'est jeté par la fenêtre, on m'a prévenue télégraphiquement, je viens pour que l'enterrement ait lieu le plus tôt possible, l'hôtelier se plaint pour son hôtel, je vous annonce tout cela pour que vous fassiez tout. Sa femme est partie, elle est partie depuis vingt-quatre heures sans donner de ses nouvelles, on ne sait pas où elle est, il faut que ce soit moi qui vous annonce tout cela.

— Madame, elle nous l'a annoncé elle-même.

— Ah ? il n'y a pas longtemps, alors ! Et où est-elle ?... Vous ne savez pas ?... Alors, je n'ai plus rien à faire ici ?

Le panier donne à penser à l'employé qu'elle utilisera la corvée pour ses œuvres personnelles : il la retient cependant sous un prétexte, afin qu'elle ne rencontre pas la veuve qui quitte à cette minute le bureau d'en face. Mais elle :

— Et puis, c'est pour vous dire que je n'ai pas les moyens de payer !

Elle braque dans une face de brique, en manière d'yeux, deux boutons de porcelaine blancs-bleus, sans flamme, chaleur ni regard. Rassurée, elle brusque un tourne-dos, escortée de ses deux muettes.

L'employé :

> ... Le jeune arc-en-ciel s'est dressé,
> Frissonnant d'aise au soleil clair...

Tumulte dans l'escalier : parions qu'il y eut rencontre. Gagné. La jeune veuve s'est faite Euménide : — « Vous êtes une vieille misérable, une vieille prostituée ! C'est à cause de vous qu'il est mort ! Misérable, misérable !... » Sa corpulente compagne la retient par les bras, tout en invectivant pour sa part : — « Une mère qui a refusé de veiller le corps de son fils !... » La vieille éructe de grossières injures, cherche à s'esquiver, entre les coites acolytes. La veuve se dégage, lui tombe dessus à coups de parapluie — faute d'une hache, ou d'un couteau ; elle frappe, elle frappe, elle cogne en poussant des cris : un rien et elle tombera en attaque de nerfs : l'employé tire du poste de police deux, trois sergents de ville, qui poussent paternellement les deux groupes, les escortent, vers deux sorties ; puis il grimpe au téléphone de l'officier de paix. Il prend contact avec le secrétaire du commissariat : — C'est entendu, n'est-ce pas ? Sur le permis d'inhumer, « accès de fièvre chaude » ?... c'est pour le curé... eh, dites donc ? c'est bien toujours l'abbé Troude qui s'occupe des convois à Sainte-Marie Egyptienne ?... Eh

bien .. je vais passer le voir pour cela en allant
déjeûner : attendez-moi, nous prendrons le vin
blanc.

Il regagne son bureau, marmonnant, griffon-
nant :

> ... Et tout riant a secoué
> Sa jupe d'angéliques braises...

Le garçon de bureau : — Il y a quelqu'un de
la Maison de Borniol qui vous attend chez le préposé des Pompes Funèbres... c'est pour une réin-
tégration de corps.

L'employé compulse son papier poétique : — Je
n'y comprends plus rien ! Il le déchire par menus
morceaux, se ravise, les fourre en poche. Le
représentant de M. de Borniol fait son entrée... etc...

PROTOCOLE. — Je gravissais l'escalier étroit et
odorant d'une noire caserne ouvrière. Une femme
descendit : je redescendis donc moi-même jusqu'au palier, me rangeant contre la muraille
en saluant. La femme hésita une seconde, puis :
— Qu'est-ce qu'il veut encore, cet imbécile-là ?
(C'est moi qui traduis : imbécile).

O Louis XIV ! quand dans quelque corridor
de votre Versailles, vous croisiez la moindre
femme de chambre, vous touchiez votre feutre
empanaché,

> Cependant qu'elle à vous tirait sa révérence...
> Mais ceci se passait en des temps très anciens,

Et la dame de céans m'a judicieusement estimé inconvenant, puisque je ne lui... etc... Autres temps, autres mœurs.

CRITIQUE D'ART. — Maman Denyse à petit Félicien (6 ans), commente une image, laquelle représente un petit garçon en pénitence, dos chargé de l'écriteau « *Paresseux* ». Félicien absorbe attentivement le fleuve de morale ; et maman, ravie : — Eh bien, que dis-tu de tout cela ? — Maman, je voudrais bien savoir comment on a pu lui mettre la belle pancarte, au petit garçon : il n'y a pas de ficelles. (Toi, tu seras pratique.)

PÉDAGOGIE. — Tante France (elle est institutrice) enseigne à Petit Georges (5 ans) l'alphabet, par raison démonstrative, selon que le programme prescrit. L'index gauche posé sur un *f*, la main droite dessine dans l'air une manière de griffe : — Pfff !... Pfff ! Tu sais, ton chat Mürr, quand il est en colère ? Eh bien, comment s'appelle cette lettre-là, pfff, pfff ? Petit Georges réfléchit, puis, triomphal : — S'appelle Patte à Mürr !! (Toi, tu seras poète.)

HONNI SOIT... — Chez Chevillard, pendant *l'agitato* de cette symphonie de Schumann, **en** ré mineur, si gemüthlichement bébête, tout contre moi paisiblement conversent deux demoiselles nubiles : — Nous avons 45 jeunes filles et 15 jeunes femmes environ, cela fait 60 : il nous faudra au moins 120 jeunes gens pour fournir à 60 femmes ?

Violemment ému je braque mes deux oreilles : Dieu soit loué, il s'agissait d'un bal blanc !

ANDROMAQUE JE PENSE A VOUS. — Je l'ai revue, la petite vieille de Baudelaire, en plein midi, surprise, boulevard Sébastopol ; elle sortait de l'épicerie Potin, serrant contre ce qui avait été son sein, le même cabas historié. Mais le fond en était rafistolé par un système de ficelles et de bouts de laine hérité du casque à don Quichotte. Comme elle s'installait sur un banc : sa salle à manger, le raccommodage céda, laissant échapper un couvert, une tranche de pain, une tranche de charcuterie, une assiette d'étain, une salade, une fiole de pharmacien. La fiole, brisée, épanouit sur le trottoir sa traînée d'huile et vinaigre. La petite vieille se précipita, sans une plainte, râcla de la cuiller ce qu'elle put du précieux mélange, le reversant dans le culot de la fiole. Et se rassit et entreprit son déjeûner, sous les rires dégoûtés de deux midinettes léchant le fond de leurs cornets de pommes de terre frites.

TRIPTYQUE

I. Mors. — C'était la chambre exiguë des ménages d'ouvriers pauvres, comme il en subsistait avant-guerre, propre, et de peu de meuble : lit, table ronde sous toile cirée, l'inévitable armoire à glace, un buffet de bois blanc, quelques images de sainteté au mur. Une odeur fade et tiède pesait. Sur la table de nuit grésillait une bougie, apâlie par le soleil matinal. On tira plus outre le couvrepied et la jeune face morte m'apparut jusqu'au cou. Spectacle tendre et sinistre : une tête rapetissée à un calibre de tête d'enfant ! plus de chair, car sur les os qu'on eût dit rapetissés eux-mêmes, une peau rétrécie et cireuse se tendait à éclater : le front, les tempes, sur l'affreuse saillie des pommettes, et ce qui fut les joues et n'était plus qu'un trou, tirait sur le nez rétracté aux narines béant, et les lèvres disparues, découvrant la double barricade des dents écrouies par le rire atroce du tétanos dernier. La tête d'un misérable petit chien écrasé et ne tenant pas plus de place. Les yeux seuls, renfoncés au fond des orbites agrandis, mi-ouverts, prunelles remontées, gardaient quelque apparence humaine, par l'excès de souffrance, ainsi que les longs cheveux noirs et raidis, éparpillés sur le front et le long du cou.

Le couvre-pieds délimitant cela net, sans qu'un renflement, une saillie, fît songer à une femme ou à un corps humain, on pensait voir une tête coupée, comprimée par quelque terrifiante macération anatomique. La misère et l'étisie :

Ce qui reste du pauvre après un long combat.

Je baisai ce front encore tiède, et crus toucher du parchemin. Une heure plus tard, avant de repartir, je crus baiser je ne sais quel mélange, de glace et de plâtre, et eus peine à me ressouvenir que, peu d'années avant, *cela* était un oiseau de gaîté me bondissant sur les genoux en m'appelant « grand cousin ».

II. Vita. — Je goûtais peu, ou pour mieux dire comprenais mal les *Vierges* de Raphaël. Visages si roses, ovales si purs, et plénitude de santé, placidité dont on se demande : est-elle animale, est-elle angélique ? profondeur inouïe d'un regard qui pourtant semble à la fois sans expression, terre-à-terre et mystère, mélange déconcertant : tout cela m'apparaissait tel qu'imbu de littérature.

Or l'autre dimanche à Saint-Germain des Prés, la messe s'achevant, je me dirigeai vers la sortie, laissant tomber ma piécette dans l'aumônière de la religieuse agenouillée là. Elle ne me salua pas du « merci » sacramentel, ce me la fit machinalement regarder au passage : elle était si lointainement ensevelie dans sa prière qu'elle n'entendait ni ne voyait. Je fus ébloui. Sans doute en d'autres circonstances, dans la rue, eussè-je remarqué à peine cette sœur de Saint-Vincent de Paul, d'ailleurs évidemment jolie (et m'en fus fait scrupule). Ici je reconnus avec un tremblement, je reconnus devant mes yeux la propre *Vierge au Chardonneret*, qui figure aux « Offices ». Et compris du même coup, après tant d'années, ce que l'art raphaëlesque comporte de surhumain.

Le particulier est que cette Vierge-là, je la connais par seules les reproductions ; donc le prestige de la couleur, etc..., n'intervenait pas. Ce fut un unique éclair, car on pense bien que je ne m'étais point permis de ralentir le pas. Mais le reflet surnaturel ne m'abandonnera plus :

Il danse dans mes yeux, il me suivra partout.

III. Mon plus beau Rêve. — Je venais de corriger les épreuves d'un article donné sur Alfred Jarry. Je me rêvai transporté moi-même dans l'hôpital de la Charité. Une salle immense, illimitée, toute blanche, peuplée d'une infinité de lits blancs, tous vides, hors le mien. J'agonisais paisiblement. Une multitude de sœurs de charité, toutes blanches, aux coiffes légères, palpitantes, voltigeaient en silence ainsi que de grands oiseaux. En frôlant mon lit, elles murmuraient : il va mourir. Je le savais aussi, et cette assurance me bai-

gnait de béatitude. Vous êtes-vous jamais trouvé
un soir d'été, allongé au sommet de quelque haute
colline ? nul bruit, qu'une clarine au loin, puis
l'*Angelus* ; nul frisson dans l'air : les premières
étoiles. On se sent non seulement porté entre ciel
et terre, mais comme purgé de toutes choses
finies. Ainsi assistais-je à ma délivrance graduelle,

> Vers le vertigineux repos dans la lumière,
> Par delà la souffrance et les bonheurs humains

Et le déclic joua ; et, bien entendu, hélas,
je m'éveillai, souffleté par l'aurore, me deman-
dant combien il me faudra de fois me réveiller
encore avant de m'éveiller pour de bon.

> *Sancta Maria, mater Dei,*
> *Ora pro nobis,*
> *Peccatoribus!*

TABLE

Alençon. — Imprimerie Alençonnaise, 11, rue des Marcheries